男女内参

不加V 售

文匯出版社

目 录

Part 1

> > > 女人的性派对 >

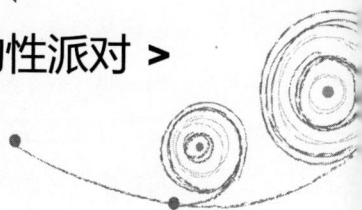

如果恋人集体出现

网上有个真心话游戏，问的是"如果有一天你以前的恋人集体出现在你家门口你会怎样？"同学们的回答多是故作轻松，好客型的请Ta们进屋喝水聊天，娱乐派的想来个合家欢大合影，绝情型的继续关门睡觉，多情型的……担心楼道拥堵，或问：是要开个Sex Party吗？老年痴呆症前兆型的更怕认不出来叫不出名字了。

这是个好玩的问题，虽然心里知道不可能有这么一天，至少不可能来得这么齐。却也不免憧憬一下，幻想一下，毕竟是美好的事啊，记得以前有个富翁就说到他年老时，要包一条豪华游艇，请曾经的恋人们相聚开party。而这个"你"如果是陈冠希，阵容必然相当庞大，可命名为香港明星慈善之夜，如果是克林顿，不知会不会变成女权集会，如果是我……我不敢想，感觉会像迪斯尼嘉年华。

其实这有个时间点的问题，俗话说，爱一个人多久，就需要多久才能忘记。如果还不到免疫期，触景伤情，睹人思旧的心理折磨感是非同一般的。我有时很怕接到一些时尚媒体的派对邀请函，因为觉得碰到前任的几率相当大，往往都本能地回避出席，结果还真的是，啊，那天晚上，某某真的去了呢，据说还带着长腿大美妞，幸好幸好，不然冒然前往，相形见绌，多尴尬。

这样的情境也不是从来没有发生过。以前在广州，有次某个外国著名音乐人来开唱，收到短信，我欣然前往。然后一进酒吧，手背上刚盖上章，就瞅见了眼熟的某某，点头笑过，继续往里走。到吧台一坐，唉，这前面是个三年前熟悉的身影，这旁边端着酒杯的又是两年前相好过的，我不由如坐针毡。后来，有朋友请我进包房坐，更可怕的场面出现了，一张沙发挤了七八个人，居然有三个是我爱得如痴如醉过的，刹时间，包房安静得可怕，有一人按捺不住提前告别了，有一人倒是落落大方过来碰个杯。那一夜，我最大感受，不是兴奋，不是刺激，而是心里默念：报应啊报应。

粤语有句老话，叫做：有几多风流有几多折堕。为了避免折堕，我慢慢学乖了，某些敏感场合能不去就不去，比如某人婚礼，省了红包省了惊喜；比如圈中饭局，要去也先打听下都有什么来宾，免得面面相觑。当然，也有个别时候，人家出于恶作剧心理，非要你去凑个热闹的，那多半是对方认为早已是安全期了，再见也不会有火花了，那便冒险前往一次，看看他们老去的脸，和相伴在旁的贤惠媳妇，当是祝福一把。

那什么时候昔日恋人集体出现也不会再害怕，我的理想是到了遗体告别那一天，发个讣告，有心的人们来了相聚一堂，在花圈环绕的哀乐声中，交流着对我生前的心得，没有了爱没有了恨，也算圆寂了。

集邮同好

　　娱乐圈最近流行"集邮"一词，搞得我惨成朋友调侃对象："您就是内地最大的集邮女星啊！""哪里哪里，我早归隐了。""您归隐是因为您觉得自己是一道不可逾越的鸿沟啊！""去去去，我顶多是民间集邮爱好者，哪有什么星啊。"

　　集邮这个古老又雅致的爱好，藉着世风老树发新芽，一时声色犬马起来。儿时看我哥如痴如醉地收集古今中外的套票散票珍藏版新发行版，一本本翻开大开眼界，却没想潜移默化成我的另类启发。一度爱好收藏不同行业不同名校不同国家地区不同肤色不同经历的男士，至今日才醒悟过来，原来他们就是"邮票"呢。

　　不过，你知道，集邮爱好者并非孤僻者，他们集邮过程中，经常做的一件事，就是和同爱好者交换邮票，互通有无。而在生活中，新型"集邮"者其实也有这个特征。北京有群热爱接触摇滚圈地下乐队的女孩，经常私下交流时，爱说："我把×乐队的×××收了！"另一个便说："啊，这个尖孙儿我也收过！"然后进入更为火爆和嬉戏的话题，关于这张"邮票"的欣赏性可用性收藏价值等等，和睦一堂。

相对而言，我是个比较独来独往的集邮者。但偶尔碰到同好者，她们的豁达豪爽，不禁让我脸红。记得有次，我邀请一个特有个性、文字也很有特色的时尚女孩开专栏，刚加上MSN，她在那头递来一句接头暗语："我们是妯娌！"我正为这个亲戚关系莫名其妙，她落落大方地解释道："我也收过××啊！他说你口活很好，让我多跟你学习！"我原本准备好的一本正经的开场白，被她弄得不知如何启齿了。

说起来，那个××其实也是个集邮爱好者，而且更为强势，我完全是无奈被收，而非收。因为那时，我做系列前卫80后的采访，发现他的经历特别丰富，故事也很精彩，于是兢兢业业地揣着根录音笔去拜访他。地点虽然在他家，但我是公私分明者，录满一两小时，收获颇丰，宣告收工回府。对方却说："你今晚留下来吧。"

我窘迫地推辞，我真不是有这个想法的。对方大有良辰美景我却不解风情的遗憾，但还是风度翩翩送我回了家。本以为就此逃过一劫，但也许我这枚"邮票"也极具收藏价值，让集邮爱好者非纳入囊中不可，若干日后，××上门来强收了我。由此衍生了若干亲戚关系，女孩儿还大赞他在小圈子里也算个腕儿，是个尖孙儿，仿佛我这人不识货或者装模作样。可惜，我和贵圈真的不熟，再让我发些孙儿给她，我是一个都没有了。

女人并非天生的情敌，也有这样惺惺相惜的同好者，因为我们经历过了同一个人最私密的身体啊，从《围城》里的同情兄进步到今天的妯娌关系，也算爱好大过天了。

你两位数了吗?

很多年前，听说日本女孩结婚前谈过七八次恋爱算正常，我还诧异她们的开放，但前两年，又有某个中国女名人和人讨论和多少个人上过床才不亏，再到前几天，一位其貌不扬看似保守的大龄女友说：虽然我没你多，但我也有两位数。我忽然明白，男人说的数目一般要除以2，女人说的数目要乘以2才是这么回事。

我兴致勃勃地和一群好友分享我的结论，我说，一个中国现代女性，要是到三十五岁还没有结婚，也没有长期同居经历，那么，她基本有过两位数的性伙伴。然后我又加了一句，不管是不是她情愿的，她的数目就是那么大。

马上有男人问："为什么说不管是否情愿？"嗯，事情是这样的，尽管大多数女性的观念是保守的，也就是说，她是怀着先爱后性，最好一生一世只跟一个人的愿望开始两性关系的，但是不幸，初恋夭折了，然后第二次恋爱也无疾而终了，然后第三次，第四次……这样从二十出头开始，到三十五岁，哪怕一年只跟一两个男人上过床，也足有两位数了。你知道，这中间，还有短暂情人或者某些意外事情的发生，加上恋人关系的，不知不觉，就达标了。

然后好友们开始八卦地争议着拿身边的样本对号入座，猜哪个女友有两位数，哪个女友没。绝对没有的呢，基本是对自己的私生活保密得厉害，或者年纪还不大，或者早早嫁为人妇了。争议到一个核心人物时，意见分歧最大，认为她有的，是觉得她内心坚强，外表风骚，坚持认为她没有居然是个男性，他说不出具体理由，反正凭直觉就是没有。要么你们挨个去试试？正争得难解难分，主角磊落登场了，宣布她绝对没有两位数，因为她和同一个男人好了十二年才分手，尽管中间有过第三者。大家不禁唏嘘：十二年……好像顿生同情似的，真的有点亏呢。

不过，这个和我的结论不相背啊，因为她符合有过长期固定男友的条件。面对着大龄剩女背后几乎都有一个排的数字事实，有的男人似乎有点难接受。可是，这会比三十五岁的处女难让人接受吗？中国女性对自己的性福生活不愿声张，和男人只愿想象她最多有过两三个男人有关，如果你在三十岁时爱上一个人，他问你有过多少个男人？是不是难以回答，因为世俗偏见往往看重这个数字结果。

这时，我们当中最有处女风范的女友对我说："你啊，内心还是太传统，这是什么奇怪的事吗？"哈哈，真不该大惊小怪。其实每个人在寻找真爱过程中，有过多少个性伙伴都是正常的。男人如此，女人亦如此。所以，坦然面对每个两位数，三位数的女性，不要再贴什么标签了。

不管我们分别和多少个人上过床，当我们相爱时，也一样会感动无比，不是吗？

女人也会性欺骗

和一个出轨中的男人谈出轨，他带着人云亦云的腔调："女人和男人不同，男人出轨可以没有感情成分，也不影响和老婆的性生活，而女人出轨都是感情在先，一旦出轨就没法接受和老公做爱了。"听起来颇有道理，百分之九十九女人也会认同，因为她们是更擅长在忠贞之事上自我蒙蔽的动物，自然得一如假装高潮，我不禁失笑：男人真好骗。

"你们真可以十年不变地爱着一个男人吗？"有一次我问女友们。其中一个回答，我觉得非常真实，她说："当我感觉快要顶不住时，就出轨一下。"在她的字典里，出轨等于润滑剂。类似于最近工作压力好大，出去happy一下。她并非不爱自己的男人了，只是借助外力来保持良性循环。当我很想和你吵架时，当你的爱让我无法呼吸时，当七年之痒让我审美疲劳时，当碰到一个很想拿下的男人时……均是有出轨可能的。但你不可否认，她的初衷是好的，并且女人的自我保护机制比男人完善，而不至于破绽百出。

"性行为其实是一种竞技，是一种女性蒙骗男性的游戏，正像男性也会欺骗女性一样。"美国有个叫罗宾·贝克的人，曾在著作《精子战争》写过一个有趣的故事，大概是说某个有夫之妇，在酒吧邂逅前男友，接下来的几天她难以抑制地冲动，终于旧情复燃在旅馆约会做爱，完事后她才突然感到罪恶和恐惧，于是冲回家，趁着丈夫半梦半醒，刺激并跨坐上他的身体，直至他射精。实际上情人的精子作为先遣部队在这夜的战争中，先于丈夫的精子与她的卵子会师，但由于她此后多天与丈夫频繁做爱，直到九个月后女儿出生，都没有引起任何怀疑，包括她也说服了自己：这就是和配偶所生的孩子。

在排卵期顶风作案，的确很冒险，而若在安全期或做了保护措施的女人，她们很容易巧妙地掩饰过去。当男人在外放纵时，难以逃过妻子的"库存"检查，女人出轨却往往滴水不漏，因为先天的生理优势，让她们就算在同一天与两个男人发生关系也看不出明显区别。

说到这样的"恶行"，我想起一个彪悍的女人。她有着体面的教师职业，同时是贤妻良母，但在她的一天里会出现这样的安排：没有课的时候或者休息的中午，与交友网站上认识的陌生男子约会，放学时分回家给孩子做饭，晚上相夫教子。她似乎享受这样的分裂，而不同的情人在领略她的激情后，常被"我要去上课了。""我要回家做饭了。"雷倒。

"不管你过去有过多少个男人，你只能告诉他，有过一个。"建立在满足男人对女人忠贞想象上的谎言教育，像是一把很好用的保护伞，同样的原理在婚后出轨也奏效：我爱你，我无法和别的男人做爱。

再不做爱就老了

夜里十二点刚过，收到一条短信："今天是我们做爱一周年纪念日。"号码不认识，人更想不起是谁，谁做爱还记日子啊？我琢磨半天要不要回，该怎么回。后来上百度一查那号码，曾有人揭露那是个骗子的号码。然后我想：哦，幸好没回，原来是骗子，现在诈骗短信真高明。再又一想：说不定，去年的今天我真和骗子上过床呢。

和我一样健忘的是萨曼莎，这个名字你有印象吧，对，就是N年前风靡全球的美剧《欲望都市》女主角之一，随时随地荷尔蒙爆发的那位，无数人心中的欲女先锋，把爱做到登峰造级的那位。唏嘘的是，今天无意间看到《欲望都市2》，还是原班人马，但四位女主角整整老了一茬，脂粉厚到几乎掉渣，让人悲叹岁月无情。凯莉终于嫁给了她的"大人物"，性专栏也转换了风格，新书写的是关于婚姻；女律师米兰达和淑女夏洛特成了甜蜜又烦恼的孩子他妈。只有萨曼莎在义无反顾地乱搞着，健忘着，一个小伙子打电话邀请她参加电影首映礼，她一头雾水问是谁，直到他说：你干过我，那次同志婚礼上的服务生。

凡事还是不要有续集的好，就如一条刻薄的评论所说："下垂和都市？唉，变时尚版的《绝望主妇》咯。"曾经女权得一塌糊涂，也被视作性解放典范的《欲望都市》，到了续集变得家长里短，无拘无束的凯莉在为婚后旅行重逢旧爱接了一秒钟的吻，给七千多公里外的丈夫打电话忏悔，回归传统，并对传统的婚姻加以装饰，便是她们要说的吗？让粉丝们看得兔死狐悲。

不过尽管如此，美国大妈还是活得漂亮多了，她们折腾到将近更年期才定下心来，并且没有成为剩女。而坚持战斗的萨曼莎和荷尔蒙拼上了，她服用四十四种调理激素的药物，"吃了我的维他命，我的褪黑激素，我的生物核对女性荷尔蒙膏黄体酮膏，再加上一点塞丸素……没有热浪，没有情绪波动，我的性欲恢复了。"她像头好胜的母牛宣布："我是带领你们勇闯更年期的先锋。"

和她们一起疯狂过，又和她们一样轰然老去的女同胞们，也许早晚一天要面对绝望主妇还是维持荷尔蒙的选择。我身边的女友越来越常说一句："趁年轻多做爱吧！再不做爱就老了。"和男人们一样，性生活成了中年危机的一种。如果条件允许，在少女时谈足够的恋爱，在少妇时做足够的爱，在荷尔蒙衰退后，执着那位也乱搞不动的男人之手共老，也算合理人生吧。只是这事在美国容易，在中国就困难多了，90后女生在学校门口和男友吵架也会甩出一句：去找你那个89年的老女人吧！

被老去的女人，被禁锢的寻欢作乐，像被提前二十年的更年期一样可怕，我们还吃药吗？

乱搞时间表

摇滚MM幸福洋溢地说："我最近桃花很旺啊，下午四点送走了英伦，晚上九点是电子。"嗯，情人多到只用代号，分身有术，高潮迭起。而四点到九点之间，可以稍作休息，洗澡，吃饭，换装，淡妆，上网挪挪车、偷偷菜、跟前男友吵吵架……再以全新状态投入下一场约会。

可MM觉得时间还是不够用啊，情人与情人之间的协调、统筹，从容而不冲突，需要一个有效的乱搞时间表。她苦恼，一夜二个好像不好安排，"第一场完事都凌晨四五点了，不可能让另一个凌晨六点出门吧。"我说我最高效的一次是一夜三个，一帮人在酒吧聚会，然后十点半先和A在户外解决，再折回酒吧，因为还惦记着另外二个。散场时和这二个一起撤，再一路杀下去，先到B家战一场，收兵后给C发短信，十分钟后抵达下一站。MM问，这怎么做到的？我说，因为B和C在同一个小区啊。她大笑：你这思路太强了，选人考虑同个小区？嗯，年轻时像个工作狂，效率第一，尽兴而止。

表面上，我们都遵循着一对一的原则，但在特殊桃花季，你会发现自己和别人都在马不停蹄，所以前戏时还表现得800年没做过爱般陶醉，到了后戏就迫不及待地露出马脚。最夸张的是有一年春节，我梳妆打扮准备奔赴六点的约会，下午四点忽然杀出个心仪的男人，一定要来拜年，到我家坐坐，时间很紧迫，但我立刻按突发事件处理，四点半他到我家，五点他还在半暧昧半挑逗地喝着红酒，我频频看表，他便识趣地速战速决了。一起洗澡时，他说：你是今天的第三个了。然后我们不约而同地说：我还有下一场。当时的表情就像英雄相见，他还善解人意到开车送我去约会再赶他的场，那种感动至今难忘。

每个ID后面，都有无数ID，有时你以为占有了Ta时间的全部，实际却只出现在时间的空隙。真相是疯狂的，也是无奈的。职场上出色的时间管理者，会在午饭，甚至一杯咖啡的时间里，都安排一个工作会面，仿佛一天只做一件事是个能力低下。于是你可以理解时间表爱好者，由效率带来快感，即使那些已婚的男人，也不甘示弱。

我在他们的时间里，出现最高的几率是六点下班后，九点回家前。因为这个灰色地带他们最能逃过老婆追问，一个和客户吃晚饭的理由，又推辞了KTV或桑拿应酬的好男人形象，是如此浮现：我工作很忙，但我还是尽早回家陪你了。

时间表如此微妙，像一个善意的谎言，直到被揭穿。揭穿又如何呢？一个女友的老公从不在外过夜，但每天都在十点半以后才回家，最后他理由都懒得找了，坦承每天十点半前是在和一个女孩聊天，纯聊天不可以吗？可以。可是能让人相信吗？女友最后决定让他搬出去住，因为再也不想忍受家庭旅馆的感觉。

过冬情人计划

　　有的人不是一年四季都需要情人，所以不爱做长线。平日里的仓储，最适合在过冬时节派上用场。很简单，从12月开始，寒冷天气供暖需要，再加上从圣诞节、新年、春节，到情人节的密集节日，制定一个八十天的情人计划，是会让你又有面子又不落寞的办法。

　　我也曾很怕过节，因为那时还没有意志坚强到，满街成双成对狂欢过节时，你寡然一人足不出户。但任性的我，又时常不顾后果地在大小节日到来前鸡飞蛋打地闹分手，然后到了那一天，被人问到："没人约你啊？你没收到礼物啊？"张口哑言，心里黯然。

　　那么如何拥有一个八十天的情人，从圣诞节开始落定，到过完次年的情人节，刚好分手呢？这从冬天就要开始物色了。首先，他得是个浪漫又怕落单的人，最好又还长得好看点；其次，你要改变自己经常换仓的习惯，在这一拨行情到来时，装出一点我真的想恋爱啊的姿态；再次，你要像旅行计划那样，盘算好期间的衣食住行，收集些浪漫的餐厅、酒吧、活动信息，以及略备薄礼。这样，你就可以对他说：我们一起去哪哪参加平安夜派对吧？然后感觉不错，又趁着甜蜜感尚未消退时，说，我们一起数新年到计时吧。

经过二次节日拍档，恋人关系便有了合作愉快的基础，如果不出意外，再趁着冬日懒散，过年前后的长假心情，去滑滑雪，吃吃火锅，逛逛街，时间就打发得很快，而到春节面临回家的回落期，要么拉他见见催婚的父母充当门面，要么小别小思念，到重逢2月14日，来个天下没有不散的宴席，喝完这杯酒，各奔前程。日后回忆起来，也不失唯美和伤感。

要是到了12月23日，你还孤单一人怎么办？没关系，平安夜的那个晚上，你可以出门去碰运气，把自己打扮得像个天使或者圣诞树，在人多的派对里，兀自发着光，吸引那个和你一样不甘心的人。这就叫，时间不早一步不晚一步，刚好碰上了，你也在啊，我也在，你也一个人啊，我也一个人。你会发现，人群里那个和你一样落单的人，眼睛里也充满渴望。我小时候就这么干过，在若大的圆形吧台上，默默喝着鸡尾酒，开始数着十九八七六时，一个节日情人便降临身边。

至于完美收官，我想说，情人节真是一个适合分手的日子，即使之前闪现了无数次分手的念头，也可以坚持到那一天。这就是一种仪式感吧。曾有个男朋友，从他黄金周公费自助游就拖上我当旅伴，到弄假成真恋爱一场，去意萌生时，也选择在情人节，说，今晚我们去看周启生的演唱会吧。那一晚，他准备好了鲜花和礼物，我们坐在玻璃房子的酒吧外面，暧昧得像第一次约会。零点过后，眼神一对，默契分手。

因为过完这个节，我们又暂时不害怕独自一人了。消失得不尴不尬，也无人再追问。

兑着喝的爱情

"我女性朋友遇到抉择麻烦了。夹在两个好朋友中间，都搞过他们。不知道怎么办？"哥们自言自语，未等一众无聊男女脑筋急转弯，他便卖弄答案："我问哪个床上劲一点？她说一个像酒一个像咖啡，那我就劝她，和咖啡恋爱，和酒偷偷继续上床。"原来他是来讨夸的，"我觉得这个挺赞的。"大家纷纷投票。

现在的人貌似有着反纯爱倾向，讨论备胎问题不再遮遮掩掩，男人也可以像个大闺蜜般给出最人道的支持了。"酒是激烈了点，可是和酒结婚，酒就变成水了，哪还能激烈起来。"他替女性朋友着想着，"可是总喝咖啡也会失眠，伤胃啊。""先拿个空杯子说啦。"平常去酒吧，被问到喝点什么，我们的态度也像爱情抉择，要了红酒就喝一晚红酒，要了咖啡就喝一晚咖啡，其实为何不多尝几样，是怕醉还是怕乱呢？会喝的邓丽君早就唱给我们听：美酒加咖啡/我只要喝一杯/想起了过去/又喝了第二杯/明知道爱情像流水/管他去爱谁/我要美酒加咖啡/一杯再一杯……

有研究发现，人在世界上与自己合适的人大概有七万分之一，也就是说，当你有幸碰到那七万分之一，也还有六万九千九百九十九个可当你备胎的人，或者有时不觉察地被你用过了。比如在你犹豫着要用手指还是电动玩具解决问题时，那个挺身而出，大义相助的人；在你感冒发烧到39度7时，那个买好药拎着汤来看你，还帮你煲粥敷毛巾的人；在你想看一场IMAX 3D大片时，踏着雪吹着风裹成粽子排队给你买票的人。那些在你等待真正爱情来临的路上，默默无闻任劳任怨的备胎，就如酒水单上华丽丽的列表，可你还是不想停，因为你到底想喝既可可又威士忌既蜂蜜又鲜奶油的百利甜啊。

其实我们早就习惯兑着喝的爱情，蓝山咖啡太奢侈，还是冰摩卡轻松些，芝华士太烈，还是兑绿茶顺口些。这样的调和，是像安全感一样的东西，让每一次失去，都不再是百分百，还能带来新的期待。大大咧咧的80后女孩玩笑着："我一说和对象分手，把他送的东西都扔了，大家最关心的是那个炉子扔了没，还能来我家BBQ不？为此，我准备买个新炉子，继续BBQ。"烧烤时，大家该可以喝纯啤酒了。

当然，不是每种滋味都值得尝试。比如最近不小心被已婚男盯上，他隔几天就问我："来一杯吗？"我回答不，他便说："你还不需要，等你要的时候找我。"我说："我有很多备胎，为什么非找你啊？"他说："因为我只有你一个备胎。"我实在想不出这是怎样一种鸡尾酒，二奶小三一夜情出轨男负心男……"不是不可以做爱，而是觉得口味太重了。"

这时，我就能想象，早晨醒来，倒一杯温热的白开水喝也是幸福的。

Part 2

>>> 关系如何开始 >

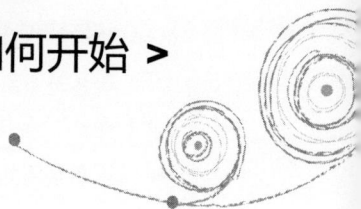

动机不纯

现在流行一句话："以前说上床，人家说你恋爱动机不纯；现在说恋爱，人家说你上床动机不纯。"那么做一个传统的人，还是一个开放的人呢？真是左右为难，无论如何，你都动机不纯了。

这样的两难，困惑着大多数男女。今晚一哥们就遭遇了困境："一美女来看我，住我家，现在她去洗澡了，我要把她拿下还是不拿下呢？"众友纷纷上前解惑，先询问客观条件，你家只有一张床吗？答案是肯定的，但是除了床，客厅还有一张沙发。如此，你到底怎么想呢？哥们坦诚："拿下是可以的，但后续跟她扯上关系有百分之四十的麻烦，我不想麻烦。"

这个比例是怎么算出来的？为什么不是一半，而是百分之四十？有人给出见解："既然她住到你家，她也知道你只有一张床，那么她的心意很明白了。"就是说，她给了你这样的便利，拿不拿随你。可哥们又纠结起来：如果跟她一夜情就没意思了，我想要的是多夜情。

你看，这样就动机复杂了吧。你明摆着不想和她恋爱的，可你竟不满足于只上一次床。一次性试用装不要，要就长期免费试用，商场也没有这样的促销手段吧？按照女人的原理，当你想用第二次，就该买单了。于是又有一个男人给出见解："就不能为女孩子多考虑一下么，总是以性为出发点，何况你还担心百分之四十的麻烦？"此语一出，立刻有人赞他纯情。

出谋划策的工夫，美女已洗刷完毕，背对着他吹头发。箭到弦上了，如果有女方亲友团，该对她说什么呢？你是喜欢他呢，还是想睡一下而已，你要是喜欢他，那还是别搞了吧？轻易地搞了，就不好意思要求爱情了。

那么漫漫长夜，我们就满足于一床一沙发的光景吗？有人给了个折衷方案："作为礼貌，你可以问人想不想干。"嗯，这是接龙游戏的开放式版本："美女你来了，睡在我家床上，我可以上我的床吗？"让我们把动机都交代清楚，而不要上了床，你说我非正人君子，不上床，你又说我对你冷漠无情。

可是，水至清则无鱼。搞不好美女勃然大怒："你不上床，我就不能睡你家床了吗？"这还不是最糟糕的，就怕你因为怕麻烦而不上床，女人还认定你是个可以托付的人，非和你恋爱不可了，到时你有苦难言，麻烦也放大到了百分之百。

这年头，我们谨小甚微，追求着低成本，低风险的关系。上床变得与虎谋皮，女人也怕了，怕爱上，怕男人说她动机不纯；怕不爱，怕男人说她婊子无情。胆敢把自己摆上刀板，检测一个男人爱不爱，也算一种冒险了。可是，我们为什么把上床搞成了一个哲学题，还没开始前戏，就忧心忡忡了。其实一起不纯洁一下，也不会死，不是吗？

诚心骚扰

冯小刚新片热映的时候，MSN好友冒出一串以"非诚勿扰"为后缀的签名。这的确符合当下现象，比如姑娘们懒得甄别好人坏人，只分结婚前提还是非结婚前提的恋爱，玩玩而已？没时间伺候。男人也一样，虽然心里想着玛丽莲·梦露，也上过N多没诚意的床，一到关键问题，还是非诚勿扰。

可是诚意这东西，有时虚假又美好。前些天和一个女友聊起某个前男友，得知他的遭遇，我顿生快感。"他谈了个学设计的女朋友，情投意合，某天坐在出租车里，女孩子忽然说想结婚了，他被撩拨得也很想……没多久，女孩子失踪了，他那个生气呀，主要是因为欠他的两万块也没还。"

哈哈，撩拨这两个字用得非常形象。估计那个瞬间，双方的想法千真万确，尤其这个男人逢场作戏了太多也厌倦了，面对一个女孩子掏出一张船票说你跟不跟我走这样的事，忽然动容，却不小心被抓到软肋。这还不算糟糕，我认识一个女演员，每谈恋爱必呼对方老公，然后刷着对方给的信用卡开着对方送的轿车和帅哥约会去，被拆穿之后依然委屈无比：我真是爱你的，你怎么不相信我？

诚意变成了圈套，交换心的游戏就像敌进我退，敌退我进。经常一个故事开始，天真无邪。比如有个朋友，三十八岁了，据说十九岁那年和女朋友分手后，就再没有碰到真爱，也做好了独身打算。某一天枯木逢春地告诉我们，他恋爱了，对方是个很靠谱的女青年，"到目前为止，我没发现她的缺点，是个很适合过日子的人。"那你跟她上床了吗？结婚前不上床。你都想好跟她结婚了啊？是的，过年见见父母就和她求婚。真不容易，一帮损友等着看戏。

第一周，进展顺利，他还请她到家里吃饭，亲自下厨，那牛肉猪肉是特地从内蒙古捎来的，他说她又傻又可爱。第二周，进展顺利，谁敢说那女孩不好，他就跟谁急，全心全意做护花使者。第三周，男主角忽然宣布他恢复单身了，欢迎骚扰。众友立刻兴师问罪，你是不是把人睡了就不想结婚了？！人家是三十岁的姑娘了，如果不是奔着结婚去，会愿意吃你一顿价值二十六块钱的住家饭还给你洗碗吗？！他一概不作答，总之那个号称让他十九年来第一次动了结婚之心的姑娘被他甩了。

怎么办？一个祝福都送不出去。如果我不拿出诚意，你就不会认真，既然都是诚心骚扰，那就愿赌服输，照单全收。所以有人习惯了诚意模式的自我催眠，每以结婚狂始，以恐婚症而终，并懂逻辑自洽。

诚意就像扮成女人的梅兰芳在唱戏，我的心是真的，但我的人是假的，我的无辜你不懂。最后，好男人和好女人都假装成坏男人和坏女人，继续打扮成刀枪不入的样子在花花世界里迎来他们的2011。

示好性骚扰

经济危机时，英国有家公司实行周五裸体工作日，制造"性趣"氛围以舒缓压力和激励工作热情，其员工接受采访表示这项创意很受用。但广州某日企主管自以为很创意地辩解，他对女下属的骚扰本是"示好"动机时，却成为中国首个性骚扰案中输了官司的色狼上司。

我想多数人都不会接受通过接触（身体）激励工作的说辞，也没有科学证明"动手动脚，摸脖子，摸腰"可以提高工作效率，当他解释自己忽略了生长环境的不同而对女下属的感受考虑不足，我更好奇他选择了什么标准。按日本传统，应该是深鞠一躬说：拜托了！多谢了！而不是像电车痴汉一样，把骚扰当风趣，还怪女员工不像领情的欧巴桑吧？

当然，看到作为关键证据的忘年会上，日本男主管强行搂抱女员工的照片，我并没有大惊小怪，虽然他迷醉的表情和她的窘迫反抗形成对比。因为在中国，许多公司在年会上也会设计疯狂游戏，女同事往往穿上性感的衣服，而尖叫声最高的是男女身体互动环节，在party的语境下，"骚扰"更像是娱乐行为。以前有次年会我们玩真心话大冒险，舔脚趾，kiss，熊抱，脱衣舞，也是精彩纷呈无畏无惧。换了我看到女同事不愿上台表演而被男上司追着满场跑和"猥亵"时，可能也当玩笑而已。

但我们不是每天开party，也不是身处倡导性趣效率的公司，是否接受你频繁的"示好性骚扰"，完全看当事人是否enjoy了。就算拿你的电车痴汉行为来类比，我问身边女友，若在拥挤的地铁里受到男人敏感部位的"侵犯"时，会是什么反应，她们百分之九十九觉得恶心，因为那个男人形象猥琐，恨不得用高跟鞋踩死他，当然偶尔碰上长得比较帅气的男人，还是会麻麻地感觉自己有几分魅力。所以你想想，百分之一的几率，怎能成为企业文化呢，这又不是在以潜规则上位的娱乐圈。

传统意识里，如果一个女性迎合他人的性趣，很容易被视作放荡，所以受到性暗示时自觉抵抗，成为她们的自我保护。这也是为什么在强调性骚扰时，女性更多是指向的受害对象。但我们可以在一个性趣平等的位置上，探讨示好性骚扰。就如一段视频开始时，打出"本片含有××内容，如感不适请关闭。"女生夏天穿清凉吊带，路人若养眼可吹口哨若不适请非礼勿视；男上司搞"示好性关怀"，请发送友好声明，而非强行身体激励。

越是物质文化生活发达的时代，性骚扰事件越是丰富，这说明性欲释放越随意时，出错率也越高。所以我不反对性，但提倡有趣的表达。话说一位六十多岁的老太太与出租车抢道时，司机探出头说了句×，老太太笑眯眯地问："小伙子，真的吗？你不要哄我高兴喔。"路人哄然大笑。

不租半张床

一个男人每天往返于郊区与城市，疲惫不堪，某日突发奇想，问："我可以租你的房子吗？只是夜里不方便回郊区时住一住。"我说："啊？可是我只有一间房，一张床。"他非常有理财意识又貌似公平地答道："我可以租你半张床啊，我会付一半房租的呀。"

真是新鲜的想法，不叫房客，不是情人，不是同居男女，只想做个简单的床客哦。女友说："他是逗你的，他是暗示要跟你上床。"我倒不是小气到拒绝上床，但是分担床费的想法很AA，很现代。如果我出租了那半张床，是不是顺带也把自己出租了呢？男女同床共枕，跟小学生在课桌上划根三八线可不一样。有了上床权，不就等于有了性权了吗？那么他又可以说，你也有需要，我也有需要，分担床费的同时，也可以生理互助呢。

不，不，这还是不公平。如果我出租了半张床，那么出于对床客的尊重，那一半床在空置期时，别人不就没有使用权了吗？如果提供给其他免费使用者，不就成了侵犯床客的权利了吗？缠绵时分，来一句："你正睡在别人租了的半张床上。"对方会是什么表情？说不定还会发生经济纠纷呢？这样，你每天为床客留着那半张床，随时准备着他来住，和同居男女的排他性有何区别。

对这个问题吹毛求疵的慎重，多半是和我不愉快的同居经历有关。我也曾大包小包入住别人的单人房双人床的，而且非常自觉地说：我付一半房租。感情好时，可能就叫男女朋友经济共同体。感情不好了，对方便忘记即使他不爱你，你也是那半张床的床客，他居然过分到带别人回家上床，还不让你进入。那一次，我恼羞成怒，仿佛碰到了蛮不讲理的违约房东。好友们纷纷劝说，想开点了，他也是不方便让你进去，你作为一个开放女性，为什么要像良家妇女那样为出轨大动干戈。

不是的，这是个租赁协议问题，我租了那半张床啊，不经同意，被人侵占了半张床，还穿了我的拖鞋，睡了我的褥子，我没有收回我财产的权利吗？当然，这个曾经的男友，黑心的房东，完全不懂什么叫经济纠纷，扣留了我私人物品长达十天，还没有经济赔偿，我真应该报警。

照这个逻辑，既然感情是个不靠谱的东西，当我们打着爱情的名义同床共枕，还分担了床费时，一定要跟对方声明，这半张床是我的，在解约前，你没有滥用我这半张床的权利。天下每天都有无数出轨的事情，所以，你要想好了，你要不要出租你的半张床，这跟爱可没有半毛钱的关系。

想起女友的女友在同居五年后分手，抱怨对方卖房子时竟不顾她也曾付过几个月月供，我没有丝毫袒护地：相对五年的半张床床租而言，你还真没多付。

做爱的朋友行不行

这天，一个男人问我晚上有什么安排时，我正忙着做肥牛火锅。他又问去不去他家，向来直接的我问：去你家乱搞啊？他欲言又止，说：我觉得我们可以做朋友。这倒新鲜，去一个男人家里做朋友。他进一步解释：就是好朋友形式的……

现代社会，一夜风流不难，但加上这些定语就有操作难度了。看在他把"长期做爱的朋友"当作境界追求，并认为我可能建立伟大的友谊的份上，我很严肃地和他展开讨论。

首先，"长期做爱的朋友"并不是一个让女人愉快的关系。为什么呢？我觉得让一个女人不要求爱情只管做爱，是最接近对妓女的要求。更差的是，你还想长期吃霸王餐，你这样一想，就让女人感觉不受尊重了。倒不是说，女人的性爱是建立在交换基础上，交换金钱或交换婚姻，至少，需要一个说得过去的理由吧。

男人会说，你也有需求，我也有需求，这没有错，如果一个女人为了性需求而做爱，那她一定更喜欢找各款各式能给她带来新奇刺激和满足的男人，对他们的感情概不负责。而你要她和你长期上床还陪你谈心，吃饭，逛街，时常关心你，有时帮助你。更甚至，你买了新车和她分享，你结交了新欢，也和她分享，你搞大了别人肚子，也和她分享，没几个女人做得到。

所以"长期做爱的朋友"是自相矛盾的，把握发生了性关系的感情世界里，友情和爱情的严格差异，就像瞄准9.99环，绝对不打中10环一样难。男人又会说，这样的关系其实也是给双方自由，不介入对方生活。我明白，你不是为了做朋友，是为了保留同时和更多女性上床的权利。那么好，当某个早上，你们从家里出来，温馨地告别，甚至眼神温柔，带了一丝留恋，过几天，你问她，上次做爱是什么时候，她说昨天。你还会很愉快地又跟她搞下一次吗？如果会，那我告诉你，以朋友的名义上床，比以恋爱的名义上床，更让人觉得虚伪。

异性间能保持好朋友关系，是因为相互没性趣，但性之外的东西又很合拍，比如智力，比如品格，比如个性。对女人来说，友谊可以发生在上床之前，也可以发生在不再上床之后，要么是1，要么是0，貌似两全其美的"长期做爱的朋友"，即使做了，也不会有愉快的结局。当然你也许说，结局不重要，没有永远的朋友。

我还记得那年夏天，一个认识多年的"做爱的朋友"在我温柔地望着他时，忽然说："我们不适合谈恋爱，我们是永远的好朋友。"我悄悄关上房门走了，关上手机，蒸发在人群拥挤的地铁里。亲爱的，你太不讲义气了，我对你那么信任，你却担心我爱上你。

上床前规则

兴致蓬勃地奔赴一个男人的约会，六十分钟后，我败兴而归。因为看到传说中的仰慕者，头发稀少，言谈乏味，之前约定：如果满意就共度良宵，如果不满意就分道扬镳。我毫不含糊地执行了"前规则"，一杯奶茶将要结束时，客气道：不介意的话，我去赶末班车了。

末班车的广告应景地播发着新片《恋爱前规则》的花絮，这个风靡的纯爱小说改编的电影，充满浪漫味道。不过我发现快餐文化下的恋爱，早已不那么风花雪月，制定二十二条军规，或者二十三条规则，是想象力丰富的人才会做的事，而多数人只简化到"直白"或是"婉约"的上床。

说到直白，我看到朋友讲的一个笑话：在酒吧里，一个女人坐在那里喝酒，一个男人端着酒杯过去搭讪："小姐啊，我请你喝杯酒吧？"女人直白地回答："我告诉你，我是不会跟我老公离婚的！"哈哈，这个表面的防卫过当，却是把前因后果连锁反应了。

那么有闲情的人又是如何"婉约"前规则呢，女友讲了另一个故事：某风流名士迷上了一个妓女，而她却对他说："只要你在我的花园里坐在我窗下等我一百个通宵，我便属于你了。"到了第九十九个夜晚，那位雅客站了起来，挟着凳子走开了。

从审美角度来说，婉约自然比直白要值得回味，而从效率角度来说，直白是最不浪费时间和保证信息准确的。在通货膨胀的今天，两性规则越来越像现实的商业谈判，合则来，不合则散。直奔主题的有曰：不涉及感情和金钱，保留各自私生活空间，互不纠缠；循序渐进式的有曰：一个月拉手，两个月接吻，三个月上床；最传统的结婚性上床，也有保留柏拉图关系与婚前各自自由的井水不犯河水；最流行的网恋上床，也有见面、下床、黑名单。

冰冷的前规则仿佛在规范着上床市场，可茫茫人海中，怎么遇见与你游戏规则相同的人，又像充满试探和考验，性商也成了人际交往的必备。"肌肤相亲早已不能代表什么"成了现代男女的潜规则。所以上床前规则决定了你一开始的姿态，如果是开放的，便不能再苛求保守；如果是矜持的，便不能再返身主动；如果是无爱的，不必虚情假意；如果是爱的，不要装作无所谓。虽然调情也很美，可对于兼容性很差的人来说，多重逻辑只会乱作一团麻。

朋友对我的理性规则不以为然，说推荐你看一个电影《忧郁的解药》，两个在party上认识的陌生男女，连名字都不知道便发生了一夜情，过后男人却动了感情找回女人，重新开始认识，美好恋爱。我知道这样的倒序听起来很动人，无规则上床也可能证明成一种爱情。但这个几率，大概相当于一根银针从天而降，正好掉进雪莲花蕊。

其实谁也不知道明天会不会下雪，最准确的前规则还是天冷加衣，而非幻想雪地裸奔。

别叫我捧场

有个热心于做人际桥梁的女友，常对我说，谁谁想请你参加饭局。这些谁谁基本上是八杆子打不着的人。我通常答一句："不想去吃饭。"女友又继续开导，他可以报销来回车费啊，吃个饭而已。最后急了，我说："直接上床就可以了，吃什么饭。"女友于是替我对外声称："不上床的不见面。"这下总算清静了。

其实，我是个有社交恐惧症的人，完全不具备交际花的本领，唱K跳舞讲黄段子，样样不行，喝酒也不海量，美食也不精通，更别说那些能让满座高朋蓬荜生辉的隐秘武器。熟悉我的人都知道，超过四个人的饭局，我就腼腆得像个中学生，有时嘛，还会人群中兀自地落寞起来，用一个初次见面的朋友失望的口吻来说：你怎么如此幽怨呢？

我很佩服那种浑身透着能量，处处散发气场的女性，多数时候，男人为主的聚会也很需要这样的女花来调节气氛。但是，我除了自身不擅长外，还有某些女性自我中心的情结作祟，觉得"陪衬"是个很没劲的角色，有时会产生屈辱感。

为什么呢？其实你可以想象，一群男人要高谈阔论把酒聊天时，是喜欢有女观众的，所以呼朋唤友时，他们会说："有什么妞吗？带几个出来。"然后，你就作为妞之一出现了。多年前一个深夜，某熟人狂呼我去某KTV，说几个大佬想见我。好吧，不要大牌，赶紧去赏脸。结果去到，场面很壮观，四个身份还算主流的大佬，各搂了一个妞，这些妞是KTV里配备的，按钟给小费的。到那我就后悔了，我算是女哥们呢，还是小姐呢？也捏我手，也搭我肩，别人也是陪，我也是陪，到头他们买单了，给妞们一人几张大钞，我就讪讪地：我呢？！某熟人顿然尴尬。是啊，这不没给我安排个小白陪着嘛，公平吗？

后来，这个某熟人长进了，就做了件更让我恼火的事。话说一个晚上，我在家悠哉悠哉煲鸡汤，某熟人又狂呼我出席饭局。我说行，我喝完鸡汤就去。去到已经是饭局尾声了，大家恋恋不舍，这时某熟人宣布："女士们请回，男士们要去喝花酒了。"哇，你让女宾们从四面八方打车来陪吃完一顿饭就遣散了，当是一道菜还是一根葱啊？

而习惯了对女士召来唤去的男士，一旦不在主场作战，就心虚腿软。话说某女友生日聚会，女友们早早订火锅店，订芝士蛋糕，自然出于雅兴，也叫了几个男士来捧场，结果呢，八点，九点，直到散会，男士一个都没出现，还解释，女孩子们聚会，男士不便打扰。太过分了，就因为女友们年过三十，不再是赏心的菜了吗？

我们看着对面桌水灵灵的小姑娘簇拥着白嫩嫩的小男生，慨叹青春被榨取在那些捧场的事上，末了只能围锅自涮。

饭局有价

　　某日闲谈，说起某内地老板，长相猥琐，情商也不高。年轻时追求美女总是谈感情伤钱，但他又穷得只剩钱，后来也想开了，看上哪个美女，就让中间人打听："多少钱可以搞定？"由此可见，网上频频流传的女星饭局价排行榜也不是空穴来风，有钱人喜欢出价，买不买单另当别论，重在参与，搞个行情出来。

　　据说港台娱乐圈会定期刊出性感女星的饭局价，价格浮动不单反映女星的人气和身价，也反映经济形势。比如一线女星价格飙到六位数，二线女星则曲线越好价越高，如果某女星闹离婚，饭局价便滑到低谷，又或清纯女出了绯闻价格便打折扣；而在大市不好，比如股市低迷，金融危机时，饭局价又会集体跳水，楼市飞腾时，十万块的饭局价又能飙到五十万块。如此市场化看起来颇有趣，见多世面的女艺人也不介意被娱乐，比如某女星直接挂牌一千万，不怕死就来吧。

　　现在内地富豪也跟风而上了，像找到烧钱新项目似的，有事没事放个风要和某女星吃饭，所以金巧巧丢个手机也丢出了富豪洽谈饭局的八卦出来。但是嘛,众人都会说饭局之意不在酒,而在搭肩膀,摸下巴,亲脸颊。看那些被挖出来的女星饭局照,也确实有群狼共袭,借酒行凶的风范。纯洁一点说,是见到心目中的女神情难自禁,就像近日推特上当红的日本AV女星淡淡地说一句:东京下着雨,我怕雨。一众男粉丝全湿了。不纯洁一点说,买饭局的富豪是想做交易,你识做会应酬,投你三千万没问题,你要不肯坐大腿,那就冷藏吧,换个人来上位。如果纯粹图个虚荣的还好办,中介们弄一堆长相酷似明星的美女来,哄那些人傻钱多的,吃个饭上个床,也算搞过明星(替身)了。

男权社会永远改不了把女人当商品的思维方式,何况女星在他们眼中又是特殊商品。既然无法杜绝饭局需求,又要在人情社会混个尊严,不如搞得高尚些吧。要学就学巴菲特,饭局有价,全球竞拍,一顿午餐卖个天价,有钱的内地富豪还绝对捧场,段永平06年花六十二万美元,赵丹阳08年花两百一十一万美元,只为和世界顶尖股神吃个饭;人家巴菲特也绝对卖艺不卖身,饭局全程回答你的投资疑问,指点迷津,末了把饭局钱全部捐赠给旧金山的非营利组织格莱德基金会,用以资助穷困者和无家可归者。

所以烧钱不可耻,卖饭局也不可耻,如果富豪们只想满足生理需求大可不必花那样的钱,桑拿洗浴里大把性感身材的。如果你是为捧女星场,不妨把出场费开得再高一点,一顿晚餐就当是一场慈善捐赠,只要别搞得淫乱派对那么难堪,吃吃饭,聊聊天,哪怕借着酒兴揩点油。咱们冲着造福社会的方向去,有福共享,人民也感谢你。

吓跑有钱人

　　某日看到网上直播上海名流结婚二十周年的私人派对，文图展示极尽奢华。别墅内外是园艺师整日整夜现插的鲜花，雍容阵势下蝴蝶兰也不过是陪衬；食物筹备动用的是五星酒店总厨，客人边听西洋乐队演奏边品尝现做的海鲜大餐和鹅肝；院里泊着一辆刚从海关提取的劳斯莱斯，这个礼物被称为"大玩具"……间或还能看到王菲夫妇送来的九百九十九朵玫瑰，以及刘嘉玲的身影。虽然最后也没公布主人是谁，却点燃了多少女孩"嫁个有钱人"的梦想。

　　和70后女友交流婚嫁观时，经常发现她们是被精神至上和拜金主义左右为难的一代。"我妈从小只要我好好学习，从没教我怎样做个淑女，不像我姨妈，早早就教表妹穿衣打扮社交礼仪，为她进入上流社交圈努力，而今她过着富太太生活，我还在为买房子发愁。"宁可坐在自行车上笑看夕阳，也不在奔驰轿车里做哭泣新娘的论调，早被现实洗刷刷得如一块抹布。如今在时尚杂志好莱坞电影中成长的80后、90后女生，已有她们的做人道理。

　　"要做个有钱人，最快捷的方式就是嫁个有钱人。"有志者昂然制定攻略，泡吧不泡热舞劲歌的夜店，而挑五星酒店的酒吧狩猎出没的商务人士；逛名牌店不是斥重金打点行头，而是收集各个名店的答谢活动，因为消费排名前五十名的富豪会出现在聚会上，你假装忘带邀请卡也能搭讪着混迹其中；没事还自掏钱包坐周五早上的头班飞机和周日晚上的末班飞机商务舱期待邂逅城中精英，更有能耐的则坐国际航班学着邓文迪……这种进取心实在让后知后觉的理想主义灰姑娘望尘不及。

然而什么价值观造就什么人生，看到女孩们目标清晰地往有钱人圈子扎，我才发觉自己是"有钱人"绝缘体，兼擅长煞风景的文艺青年。举例来说，某次有幸被一个有钱人邀请上豪华游轮聚会，并坐在他私人会客厅里时，我是大谈史蒂芬·金的恐怖小说，对校园枪击案津津乐道；又有次去上海，一个身家过亿的有钱人开着加长林肯来接我们玩乐，而我顾不上把酒言欢，看着同座的女孩晕车，手忙脚乱地给她找袋子张罗呕吐事宜。后来渐渐懂世故了，觉得要给有钱人一点面子，和他共进晚餐时学着温文尔雅，少吃多看，结果有钱人说起有同性恋倾向的女儿，我立刻原形毕露，大谈同性的快感，听得他直想转身去泡桑拿。

最近我碰到一个闹剧，有个和我哥们同名的人在网上给我发消息，说过来请客吃饭、泡温泉，我欣然答应，却在人家百里迢迢开车过来，打开车门的刹那惊呼：啊，你不是我认识的那个××！然后落荒而逃。朋友问：你怎么不将计就计？我猛然想起他那一组组打高尔夫球的照片，又把一个有钱人吓跑了。

贴身服务

在这爱情难求的季节，一个男人给你留手机号码都可能留的是13800138000。确实嘛，细数各类温馨短信，往往不是来自亲友，而是比如，物业公司叮嘱你天冷关窗小心火烛假日愉快，淘宝商家提醒你新货上架潮品打折，又或美容护肤品牌居然记得你生日，祝你生日快乐。如果接到非常温柔的电话，嘘寒问暖之余大抵是推销保险的。

最近我因为牙齿不适，去一家私立医院口腔科看牙。医生是个年过四十但面貌精神的男人，不知是否人格魅力使然，小小治疗室挤满絮絮叨叨的师奶。有开着车远道而来的，有放弃公费报销专门来花钱的，她们对牙医赞不绝口套近乎，哎哎呦呦撒着娇，牙医也似体贴的情人能哄会道，夸得师奶心花怒放。我听着治疗仪在牙齿上吱吱响时，心里直拜托：师奶们不要恋恋不舍，快点走啦。

没想到我也被牙医粘住，他留我的号码，过几天发来短信：专门给你买的牙药到了，你有时间过来看看。于是我又去一趟。过几天又发来短信：你上次太匆忙，忘记洗牙了，有时间过来洗牙。盛情难却，我又去一趟。结果洗出几颗潜在危险牙，和风絮语的关爱下，一一打上补丁。我好怕牙医要跟我谈恋爱（看上去像缺爱的师奶？），心疼钱包地对他说：多谢关照，到此为止。

作为理性的女人，我总是不够可爱。其实这类"温馨消费"也算精神按摩吧，就像女人看见华衣美服的浪漫广告，想做个公主，看见情比金坚的钻石，想要结婚。如果你给她一点幻想，满足她一点虚荣，她是不介意冲动消费一把的，更何况是活生生的贴身服务。

比如我一个女友心血来潮，有一天剪了短发，花两百四十元找的造型师，臭美地炫耀一番青春活力的bobo头，结果就被造型师吸住了。每月都要去修剪一次头发，享受被帅哥指尖触摸，轻撩耳垂的感觉。没有恋爱的日子，偶尔的暧昧接触也是途径一种。

更绝的是，另一个女友给造型师做起了征婚广告。内容大意为，每次都看到他闷闷不乐，"你说怎么办，我怎么这么没出息呢，连搞个外遇气气女朋友的事情都干不出。"一番分析，原来他的女友都是90后，太年轻不懂事，于是出谋：像你这样的恨嫁男，该找个大龄剩女！广告立竿见影，抱着相亲念头的剩女纷纷前往，不乏花了上千大洋做头发者。然后呢？造型师自然是乐此不彼地继续闷闷不乐。

朋友嘲笑道："大姐，你付这点钱也享受了增值服务还想怎样，别这般连吃带拿的。"所以贴身服务的潜规则是：手不离身时，你当他是艳遇情人；抽身而去时，你的爱情还在别处。最形象的体验是保健按摩时，那双令你浑身酥软的手，绝不会再进一步，正常结局是你睁开眼喊买单，而不是"加钟！"

Part 3

>>> 我们的性仪式 >

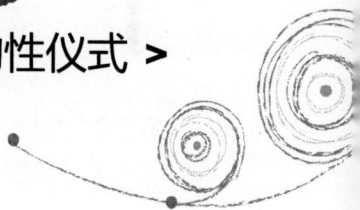

安全的慰藉

听着久石让《最后的一枪》，空气里弥漫着淡淡的忧愁，回头看见我的猫用同样迷茫的眼神望着我。我像鱼那样游向她，轻抚她柔软的毛发，她眯了一下眼，伸出可爱的小舌，舔弄我的手背。这是我们日常里的一个亲昵动作，相互慰藉而惬意。

想起白天里，一个女孩向我推荐美容养生配方，红枣、桂圆、黑芝麻、核桃……列了长长的单子，我热情地回报以打"潜水艇"的手法：手指的体温会分散注意力，你可以尝试不同的小玩具，效果来得更快。这个突兀的推荐让素以寡欲示人的她像含羞草般弹开，我却穷追不舍地问道，你穿着吊带衫上街引来男人的嘘声，你还渴望和男人一起看电影，可你真的没有性欲吗？追问到她不悦，扔给我一句：你无法感知我。

我细细地品味着"感知"两字。反思我对女性欲望的处理方式是否太过于暴力。嗯，很多时候女人们并不想要狂风暴雨的做爱，只想有一种绿色无害的亲昵。所以她们有时热衷于调情，语言上的调戏，隔着时空的娇嗲，又或是情侣餐厅里的目光交织，酒吧昏昧中有意无意的身体触碰，如此简单而已。如果收到信号的男人，误会为上床的暗示，进一步大胆地挑逗或者提出云雨要求，马上被拒绝得灰头土脸。

这样的一种亲昵渴望，一次慰藉的需求，常被男人控诉为矫情和做作。仿佛女人要么就修女般全身裹黑，圣洁无欲，要么就如性感尤物般开放火辣，才合情理。如果你表现出了情欲，又抗拒生理上的满足，便是表里不一。可女人有时真是那样的蜗牛，寡欲的女友就曾说，她只想谈那样的恋爱，拉拉手，散散步，还反问：为什么男女就一定要上床呢？可是，上哪去找一个男人，始终和你拉拉手、散散步？

但其实反过来，如果女人表现太过主动时，男人也会像一只蜗牛。前些日子，有个男人总说来我家做饭给我吃，还说可以给我按摩，我问，那你为什么不和我做爱呢。他始终无法答应，我一怒之下说，不做爱就不要做饭给我吃了。他像孩子般委屈。那个躯壳也是这般难以脱开，他大概只想有暧昧的亲昵，亲昵而不负距离。

于是，我慢慢习惯了KTV里男女好友们的"次色情"交际。在一首首情歌的暖场后，在一杯杯酒的热身后，他的手轻轻握住了她的手，他的另一只手搭上了她的肩，或抚着她的背，或摸摸她的头发，有时借着酒意，男人和女人还会拥抱着面唇相碰一下。但集体性的慰藉到此为止，出了门，拉着的手松开了，在意犹未尽中各自坐上车，相约着下一次，下一次我们再一起happy过。

曾有男人问我：你知不知道，男人也会没有安全感的。所以，我们守着这样的安全慰藉规则，长久地相处下去。

敬请止步

一个成熟女子在酒吧邂逅年轻男孩，把酒倾谈，情意缭绕，及至午夜时分，人群散去，男孩提出送她回家，她也不回绝。但是到了家门口，猎人不想今晚就收下猎物，对他说：请留步。然后微醺着关上房门，独自安睡。可是早晨醒来，发现手机里有无数条未读短信，男孩竟在楼下站了一夜。她感慨：这孩子，真可爱。

嗯，也许我们见多了"空前自由"的男女关系，驰骋于一夜情的男人也如鱼得水，津津乐道泡妞之易，不花钱不花精力，合则来，不合则散。这么站一夜的痴痴等待倒像十几年前，在女生宿舍楼下抱着吉他求爱的男生，稀有动物啊。

可是，我见过更稀有的，一个大龄女友和一个大龄男友，试着谈朋友。我们八卦心切，掐着他们每周一次约会的点，第一时间问：这周去了哪？干了什么？开始观众还颇有耐心，认为谈婚论嫁方向的约会，一定要慢一点，再慢一点。可是第四周了，男的竟然还没有拉女的手！难道情境不够暧昧？不是啊，按观众的建议，已经进了电影院，边上就有对情侣，自始至终偎依在一起。他却熟视无睹，没有任何表示，一本正经地看完电影，一本正经地走出来。女友素以保守著称，可遭遇这样一根木头，已经沉不住气了：年轻时都没有激情，还怎么过一辈子啊？

问题出在哪呢，观众七嘴八舌，难道他对女人没兴趣？问他有没有性幻想对象，有啊，章子怡。问他有没有看过A片，有啊，看完就完了。看完你不打飞机吗？！为了求证他是不是一个正常男子，大家几乎使出了刑讯逼供的架势。最后把这两人逼到没有了约会下文，才反省，难道是我们太久没有复习那个英文叫mortification，中文叫"禁欲"的词了吗？

禁欲，大概就像厂房重地外的告示：谢绝参观，敬请止步。在每个人的初恋阶段，这可是最为美好的相处之道啊！那果实如此诱人，却宁愿捧在手心里，迟迟不啃下一口，就这么看着你，想着你，很难得到的样子。到了今天，我们却完全没有了矜持，约会超过三次还没上床，就断定此人不可搞，更凶一点就质问：你是不是ED啊？！

但我们真的都动物凶猛了吗？有一次我速战速决搞定一个男人后，有些失落地说：其实，禁欲的男人更吸引人。对方竟表示同感，委屈得像他纯粹是为了配合我，我却得了便宜还卖乖。这样的阴差阳错在与另一个我爱慕已久的男人对口供更得到了印证。

我说："那天，我真是想和你纯睡觉的，可是你太想要了。我抱住你，问你想好了吗？你却生气地说你好久没有做爱了。"他忽然感觉很讽刺，像是我们俩的角色一百八十度大调换，我成了我一直想象的禁欲的他，他成了他一直想象的放纵的我。

拉手至上

　　有个样貌俊朗、穿着时尚的哥们，夜夜蒲吧。华灯初上时出门，凌晨归，去的都是城中有名的一夜情酒吧。奇怪的是，从没见他有什么斩获，盘问来盘问去，结果只是："没什么啊，去酒吧都是喝喝酒，拉拉小姑娘的手。"拉拉手就满足了？那你每天泡吧图啥啊？你拉的不是手，是寂寞。

　　接着另一哥们，却以男人更了解男人的口吻，解析出深层次的拉手情结：其实拉手就是为了达到一种境界，你说做爱是为了什么，为了射靠自己就可以了，而他认为拉手之中才能让他得到想要的一切，比上床要有品位，在淫荡之中体验纯情，才是最关键。

　　如此解读，倒是解开了我心中的一些疑惑。上上个月，一帮男女聚会，其中有新认识的老男人，眉来眼去间，些许暧昧。待到大家玩合影时，他忽然拉过我的手，放在他的手心，轻轻揉搓，悄声说："你刚才坐我对面挥着小手，让人很想拉一拉，你的手小小的、软软的，手感真不错。"赞美过后，那一晚，他保持着与我拉手的姿势直到散场，而手是被放到他靠近大腿边，靠近裤裆的位置。揉搓间，有些出汗，有些心跳。我一直在想，这是前戏吧？拉手拉得如此火热缠绵，是要上床吧？事实证明，我想歪了，一拍两散手松开后，一切嘎然而止。我回家洗着空荡荡的手，才真是空荡荡的寂寞。

朋友们笑：哈哈，你被愚弄了，你以为是前戏，其实人家已经high过了。啊？！真有人拉着手，就能两腿之间一热，不需再付出身体交战？我回想各色男人的拉手细节，试图追溯他们的拉手情结。我想起一个年轻男孩跟我说过，有一段时间，他和一个漂亮女孩谈恋爱了，他们约会很纯情，只是拉手，但那样他就心潮澎湃了，整个拉手过程，他都保持着兴奋的状态，觉得很美，灵魂也很飘逸，反而后来上床了像个体力活没意思。

所以有时男人就追求那种气球状态，而不想要泄气皮球般的空虚失落吧？女人有时怎知这番拉手情结，拉拉扯扯间，纤纤细手，竟成了道具。酒吧里拉拉手也算了，有的男人还喜欢走在大街上时，突兀拉住你的手，你想抽出手来，他却会拉得更紧，然后你这么无辜地被拉着，走过一条又一条马路。还有时，坐在出租车上，男人也会如此情不自禁，就像电车痴汉，只求片刻陶醉。

又一次聚会到来了，席间酒正酣时，身旁男人用情人般迷离的眼神望着我，顺势拉住我的手。滚烫滚烫的，说着温柔的话儿，要着电话号码，我心里窃笑：又是一个狗打包子拉手男，千万不要当真呢。果然，手一松开，就像完事男女下了床。那个被他反复确认，精心存储的电话号码，他是一次都没打过。

约会皮囊消费

现在文明程度高了，约会也讲究约会礼仪了，预约的电话最好提前一天，因为男要装女要扮，不好好收拾一番，生怕丢了印象分，再远一点，还能扯到修养上。实在来不及，女人也匆匆化个五分钟淡妆再出门。别说没必要，有一次和一个男人第二次约会，以为一来二熟，大可素颜相对，岂料对方说了句：最好化个妆，不然和上次区别太大，认不出来。

对于女人化妆赴约的礼仪，一位老男人是这么说的，女人化了妆才有调情的气氛，才能让人分泌荷尔蒙，至于睡前卸了妆，那是另一回事。唉，我听过一个恐怖故事是，有个女孩子，平日里都抹着厚厚的粉，要是一卸妆，就像精装修变毛坯房，特别简陋，所以当她交了个有钱的男朋友，怕暴露真容后失去宠爱，竟然二十四小时化妆，就是刚洗完澡，也要在浴室里抹好了脸才出来。结果那回，和这个男友的约会持续待了三天，脸实在受不了了，趁着买东西溜出来，在姐们房间里卸妆透气。

在那个没有化学污染也不需要画皮的年代，男男女女见面多单纯啊！那时没有什么写真可看，也没有什么时尚杂志可参照，穿个的确良，扎个小辫子就很可爱了。现在约会胃口提高了，荷尔蒙竟要指望一副好皮囊了。不光是女人要梳妆打扮，男人也不流行大大咧咧了。

头发没型不可以，最好在专业发型屋花个几百精心修剪过的，长短层次缺一不可，那种以不变应万变的小平头不是土就是懒。然后着装呢，女友们各抒己见，冬天啊，男人千万别穿羽绒服去约会，那一身臃肿换谁都不觉得好看。嗯，优雅点的可以英伦风，年轻点的可以朋克风，身材好的穿件酷酷的大衣也很迷人。至于夏天，女友说，我最喜欢粉红衬衫配深蓝西裤，再有个翘臀就性感极了。只可惜，女人可垫胸，男人要垫臀就难度大多了吧？

有时男人为了扮酷，爱戴个墨镜去约会，这要小心了，男人的墨镜效果最接近女人的化妆效果。眼镜一摘，大相径庭，会让人觉得货不对板。"对对对，尤其那种小眼睛男人，墨镜一摘——"我们都笑了。与此异曲同工的是帽子，如果你头发有早谢迹象，可以戴上神秘的帽子，但是记住啊，轻易别摘，即使对方知道你毛发不浓密。

我明白了，原来男女之间不以过日子为前提的约会其实是一种消费，男色女色都讲究品相，如此才衬得起一顿高级晚餐，一个浪漫之夜。可是脱完衣服上完床之后呢，仿佛消费行为完成了，如果讲究售后服务，最好赶在对方起床前梳洗完毕。如果没有见光的自信，最好悄悄地留下一个吻，悄悄离开。因为那张饱受辐射和污染的脸，在大白天的烈日下面面相觑，会让之前一晚暧昧灯光下的温存，荡然无存。

失礼备忘录

　　两个人为一场幽会热身，共进了愉悦晚餐，然后回家营造气氛。在沙发上越靠越近，目光示意越来越浓，情不自禁地开始了性爱礼仪第一步：接吻。女生的脸色忽然掠过一丝不适，运动的舌头也在畏缩，男人以为她是有些害羞，更有兴致地把法式湿吻进行到底。在随后的性事中，也卖力表现，舔咬她每寸肌肤，希望赚个一百分好评。

　　第二天，男人自信满满地对女生进行回访，问她昨天感觉怎么样（如果得到很舒服的回答，那便有机会更上一层楼）。女生吞吞吐吐："还好，但是……"但是还是忍不住告诉他：你一嘴的大蒜味让我很难受！男人惊慌失色：我是昨天中午吃的大蒜啊，去见你前还认真刷了牙，我吐了吐口气没感觉有味道了啊？女生说：那是你没跟自己接吻。

　　是啊，大蒜事小，失礼事大。男人味男人味，气味一定要对路，你让一个女生的回忆里充满大蒜味，何等憋屈。当然，男人也因此忧心忡忡，饮食习惯是难改的，约会又时常是随兴而致的。如何保证提前二十四小时禁吃大蒜和黄豆之类容易产生不良气体的食品，比出门前的更衣沐浴要难控制多了。但你也庆幸没有吃太多黄豆，真有在得意忘形的被窝里，不小心放了个屁的，你看着女生尴尬的表情，一边手忙脚乱地驱散气味，激情值瞬间降到0。

男人经常不拘小节，女人又偏爱细节完美，稍有差错，她们很容易出现心理ED的状况，所以你还是要多加注意。比如避孕套，哪怕你平时没有随身携带的习惯，到达目的地前一定得准备好了。这个准备好，不是说有就可以了，如果你不好意思问女人喜欢什么牌子什么类型的套套，至少要舍得买上档次的。千万别追求廉价的另类，小超市里一块钱一只，十元一打的那种，最好别买。我就碰到男人刷地掏出一盒劣质品牌套套，还兴致勃勃要用到你身上的情形。我转身从小包里掏出名牌套套，说：用我的。否则忍受那种粗劣橡胶的摩擦，会感觉和轮胎做了场爱。

曾经有个80后名人说，他不追求名牌，全身上下的衣服都不是名牌，除了内裤。这句话听起来很闷骚，却也很受用。你知道女人多少有点小虚荣，就算你不光鲜照人，小衣服太寒酸的话，也会让你很失身份。我见过那种外衣穿得还得体，脱了裤子却是一条宽松的确良内裤的男人，市面罕见，说不定是妈妈给他亲手缝制的凉爽款。如果你很爱穿白色棉内裤，一定要保证它真的是白，而不是洗得发旧，颜色发灰的，倘若不幸带了些发霉的小点点，很容易让人担心你有病。

做爱是一种从零距离到负距离的接触，也是两个人的公共事务，所以在这个最小的公共场合里，不失礼才是真素质。

女士优先

玩真心话大冒险，一对情侣就坐在对面，轮到她提问时，她问他："你觉得前戏多少分钟合适？"他生怕答错，又想诚实，说："五分钟可以了吧？前戏太长很累。"我们窃笑，私房话题他们竟要通过游戏来对质。所以到了下一轮，刚好有人可以提问她，就问了同样的问题，她一本正经地说："我喜欢十五分钟的前戏。"

没想到，真心话一出成了分手的导火索。散场时，她扔下他独自先走了。嘿嘿，lady first。开门时，过通道时，甚至排队上车时，男人们经常有风度地女士优先一下，可他们不知道，床上的lady first才是大学问。如果你不懂，你便成了那个自私的人：你没让我爽，只顾自己爽，你先爽还是我先爽？当然，女士优先。

可是让女人先爽，的确是很难办的事。因为男女的生理机制差别很大，男人是视觉动物，可能把女人衣服一脱，他马上热血沸腾，状态充分了，忍耐五分钟对他们都有一点残忍，十五分钟？是不是菜都凉了？以前有个号称女性崇拜者的男人，在谈性说爱时感慨：经常一个前戏就弄得精疲力尽了。当然，他的对手倒是交口称赞，说他体贴入微技巧好。

女人们觉得做爱吃亏，是因为经常十次做爱只有一次高潮，九次看着男人心满意足地从自己身上爬起来，而自己还没享受到。问题是，大多数男人都不了解女人是慢热型动物，习惯一鼓作气，速战速决，先行为快。女友说：其实女人很多时候心理准备好了，生理还没准备好，如果吃快餐，多半是不爽。而对此略有所知的男人，还是会耐着性子问，这样好不好？那样好不好？舒服吗？你到了吗？唉，对不起，这就像龟兔赛跑，我们女人就是慢很多的呢。位置不对，情绪不对，状态不对，可能二十分钟都没跑出起飞线。记得有一次，一个男人努力了很久，只好抱歉地跟我说：我不等你了。

Lady first真是说得容易，做得难。那些在拉手散步、吃饭、聊天、看电影中表现的风度，到了床上就经不起考验了。熟女们会说，如果不上床，是无法真正了解一个人的。对啊，很多谦谦君子，到了床上就成了狡猾的家伙。最可气的是，他们对你说：我第一次会很快，但是第二次就好了。然后呢，混过了第一次，他们就像吃饱的懒汉，更加不思劳作，连前戏都没有了呢。你再跟他讲女士优先，那都是打哈欠的事。

其实你有一张温柔的嘴，你还有十个可爱的指头，你完全可以多发挥一下，把热身赛变成加时赛。如果把十五分钟做个分解，那就是脱衣前五分钟亲昵，脱衣后五分钟爱抚，再深度接触五分钟，把关卡血脉全打通，才来个向终点冲刺。

男人有时炫耀自己可以活塞运动两个小时，其实汽缸是有意见的，你都没点火，莽撞上路疲劳驾驶，不怕人睡着了啊。

一夜之后最浪漫的事

曾有个著名编剧告诉我,他和老婆是一见钟情,认识当晚就睡在一起了,直到结婚都没分开过。而她本来是和朋友去上海玩的,我能想象她行李还扔在酒店,衣服还没来得及换就私订终身,一个短途旅行变成了归宿。

又有个女人告诉我,她是出差开会时认识老公的,刚留了电话就要去机场,而他冒着大雨去送她,飞机晚点了一整个下午。他没有买张机票和她一起飞走,但不久他到了她的城市,也是一夜之间就确定未来方向。她说:也许那时他累了,正好想结婚。

每当有人对一夜情嗤之以鼻,认为玩玩而已,始乱终弃。一些小概率事件却表明,并非都是一夜放纵,打扫战场,形同陌路。有的人恪守一夜情规则,天亮以后说分手;有的人却是试用装之后转正品。有人不相信一夜情能产生爱情,有人却说:做爱是为了确定和对方的感情。不过其微妙之处,不在于一夜五次,高潮迭起,而是你事前事后的态度。

男人是讲究效率和成本的实用主义动物,如果他仅仅是为了和你上一次床，一定是能省则省。碰到那种问你家里有没有套套，要是有他就不买了的人，你可以告诉他怎么坐公交车到你家，并让他在末班车结束前离开。而他若是在晚饭之前约你，问你喜欢吃什么，吃完问你喜欢去哪里玩的，至少，他想要完整的一夜，或者，他心里已经想着下一次。当然，约会的路数因人而异，也有那种在肾上腺素刺激下，做什么都如幻如真的。

所以，我更看重事后的仪式，就如为人做事善始善终。比如在他耗尽体力后，还以你舒服的姿势抱着你入睡，早晨还没完全睡醒，就给你准备了早餐，或者再困也送你下楼，有车的话开车送你回家。哪怕之后没再见面，你也会记着他是个体贴的有修养的人。而有时，我们都喜欢那种又假又美好的东西，因为最接近动了感情的状态。

最浪漫的一次，是一夜之后，去逛了动物园。那是个大冷的冬天，他说把我家淋浴的挂件弄坏了，一定要去买个给我。因为想着可能不再见了，就一起坐车去了商场，从商场出来，还是没有分开的意思，就走去了动物园。偌大的园子，飞禽走兽看了遍，浅草斜阳中，手和手始终拉着，俨然一对恋人。直到逛累了，我们坐在临街的豆浆店，喝着东西看天黑，最后吻了别。其实后来，我们没有后来。也许是他到家问我怎样时，我说有人正在来我家的路上。

而我发现，一夜之后，不管开头是怎样的，如果分别时，牵手走过一段路，或多或少，心里都有停留。否则，一个决绝的眼神足以灭了烟火。

男人装不装

　　我参加一个海鲜主题的饭局，特地穿了裹得虾米一般的连衣裙，坐在五年没谋面的男人身旁。他长发已剪，容颜未变。"你的香水我找到了，还真是落在我家了，但我给狗用了，它很喜欢，每天擦得香香的。"他以这样的寒暄表明我们的不一般关系，我也心会神领，"对了，我很想知道，在我住到你家第二天就出现的女人，是不是你女朋友啊？她一句话没和我说，只跟你卧室待着。"他顿然有点尴尬。"是当时的一个女朋友，她听说你来了，赶紧过来住。""所以我就没得逞，哈哈，但你的正牌女友不是跟了你十年吗？如果不是她，那中间到底穿插了几个女人啊？"我咄咄逼人的样子引得众友发笑，他掐着指头数了数："七个。"真不多，算好人一枚了。

　　我经常幸灾乐祸地拆除男人面子上的伪装。女友也经常把我当作检验男人的试金石，比如把吹嘘自己性功能强大的男同事发给我，比如把道貌岸然得无坚可摧的男性朋友发给我，或者私下刺探某某人的小道消息。然后，收到检验报告后，会以各种表情和叹词表达惊讶：

"啊，真的吗？他看上去很内向腼腆呢，说话都脸红，我只和他看过一次电影，很难搞的样子。""是吗？他和他老婆看上去很恩爱，对女儿也疼爱有加，真看不出他也会出轨。我在他面前提起你，他表情没有丝毫异样，难道他是老手？""不会吧，他在和××谈恋爱，还一起去云南旅行，他一直说自己喜欢漂亮高傲的女孩子，还会好这口？"

诸如此类的感叹数不胜数，将信将疑后也会认为问题出在我身上，"为什么你总能碰到这样的人？""为什么他们在你面前就变成另一个样子？"我就像揭穿皇帝新装的孩子。其实男人也是没有安全感的动物，他们需要隐藏自己私欲的一面，以维持平时的形象，比如健康向上，比如积极友好，比如忠贞不二，这些是他们保护自己，和得到尊重的需要。装，对于男人来说，有时是必需品。

男人有不装的时候吗？有。比如一群男人聊天的时候，他们会攀比收集的A片有几个G，会说自己泡过多少妞，会为苍井空的微博疯狂，达成空前一致的热爱。因为男人在男人面前不装，才能得到团结和认可。可是你也能理解成他们是装作有共同语言而已。

当女人把性道德底线放得很低，男人就会感觉有更大的自由发挥空间。他们可以自私，可以放纵，可以说出内心的想法。每当他们在我面前完全变成另一个样子，我就想，大概是把我当作了男人。

回到开头的饭局，喝到微醺的男人轻揉我手，问："今晚可不可以和我回酒店？如果你不介意一米五的床，不怕我打呼噜。"我打算也装一把，说："不行，我怕和打呼噜的人睡觉。"

过了很多天，我在很多人面前问他："你喜欢我吗？"他顾左右言他，我说："你那天邀请我和你回酒店呢。"他开始装失忆了："真的吗？我有那样说过。""真的，旁边的人也听见了，我拒绝了你，你还不甘心。""我真的想不起来了，有录音吗？"我说："你不装会死啊？"他想了想，说："我想起来了，那是一个玩笑，没想到你当真了。"

在食草和食肉之间

这个城市流行两类男人，一类是食肉男，他们是快餐性爱的代表者，约会直奔主题，只看你是不是可以上床的对象。甚至事先谈好条件，以最小的成本约会，不动感情，不谈未来，吃一顿饭也能省则省，更没有鲜花和美酒，只会告诉你，床上尽量让你满意。

另一类则是食草男，他们文质彬彬，风度翩翩，却像素食主义者一样，不给你非分之想。约会到喝咖啡看电影为止，在你想把他抓住前，来一个快闪。因为不愿被女人当作一根会走动的黄瓜，洁身之好得如同gay类闺蜜。

所以约会真是个头疼的事，你希望他们在食肉和食草之间有个折衷主义，他们却一致地对"谈个恋爱"摆摆手，对不起，感情很奢侈，我们玩不起。为此，如果设计一个程序完整的约会，你得把一张唱片分成AB两面，和食草男玩气氛前戏，再赶场一般跳转，和食肉男激情游戏。所幸的是，两类男人并水不犯河水，他不嫉妒你喝完咖啡和别人上床，他也感谢有人替他为约会买单。只要你不介意精神分裂一下，再在记忆中把两者PS成一体。

这是容易躁动的周末，约会时间表开始打理它的list。嗯，只想激情一下的B说，我们可以晚点见面，直接开个房happy，潜台词是晚餐自理，套套自带，不搞那么多啰嗦的浪漫；而7点到9点的空白档，A却很乐意填补，他说喝咖啡，好啊，但是我9点就有个和意大利球队的见面活动，之前都没问题。

于是在B养精蓄锐时，A细致地用水红色那个男款L'Oreal洗面奶洗脸，再用Haziline的沐浴露洗澡，然后喷点Armani香水出门。食草男说，他喜欢不同气味的新鲜感，只为了让自己心情更好，正如在咖啡馆坐下时，只为和你如沐春风地聊天。

其实见到食草男时，你会觉得他是个不错的做爱对象，精心修饰的外表又不失窦文涛式的幽默，在为你点摩卡咖啡时，还要你选一个漂亮的芝士蛋糕点心，喜欢草莓味的，那就草莓吧。他坐在对面无拘无束地说着话，还不时逗你发笑，你问他戴着帽子不怕热啊，他马上就把帽子摘下来，露出一个陈佩斯般的光头。

时间过得飞快，那个开车来接你的食肉男已经算好了时间，电话里他丝毫没有要进咖啡馆碰面的兴趣，而食草男却温柔地相陪到最后一刻，等你起身时像仪式交接送你出去，你问他："你讨厌我吗？"他说："不啊，你能感觉到吧？"但即使如此，他也绝对不会说："留下来，跟我一起吧。"

他们都如此简单，非此即彼。你也像在夜里沿途旅行的女子，从一个站台出来，踏进另一辆车。在挥霍了汗水和呻吟之后，静静地黑暗中，拥抱着这个人的身体，想起另一个人的脸，原来摇摇摆摆的花儿，也可以跳跃着开放。谁会在意你属于谁呢？

Part 4

>>> 心动与行动 >

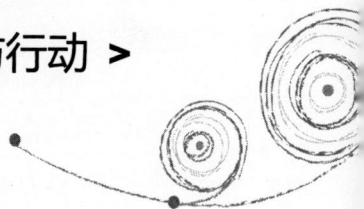

远情不如近邻

上月搬进新小区，打算过一种清心寡欲的隐居生活。岂料下楼扔垃圾的时候，被人喊了声名字，扬起披散的头发，看一眼，哇，一米八的个头，艺术青年的气质，帅！心砰然动了一下，只字不答地走开。

装完矜持又按捺不住激动，在邻居群里大叫要把桃花找回来。没过多久，竟然有人自首，而他，竟然是时常在深夜里和我聊天的那一位。我们谈过音乐，谈过记录片，也谈过附近一家二十四小时店的宵夜，还在停电时，调戏着要他背我上楼。可是，我们神秘到不谋面，虽然只隔着一座楼。

小概率事件的发生，让人想入非非。巧的是，两天后从超市采购回来，路经他楼下，竟然又被人喊了声名字。我定睛看了两眼，又是只字不答地走开。到了夜里，他再次自首，说这一次还是他。我说，不行，我得亲自去看你一眼，记住你的样子。他回了一声：别。

然后，次日他就坐上飞机去了南方的城市。我说你会想我的。他说，是的，没人叫你了。多么文艺的对白。我无聊地构想着一场与邻居的恋爱，或者叫做偷欢。这样一种距离，是推窗可以看见，关窗各是自己的距离；这样一种方便，是步行即达，伸手可触，做完一场爱随时回到自己床上睡觉的方便。而这样一种危险，又是窝边草的危险。

遥想我十六岁那年夏天的初恋，朦胧地喜欢上一个住在隔壁的外来男生。只因他每天早晨上班时，经过我的窗口，能听到熟悉的脚步声，间或地，似乎有意无意地敲了一下我的窗玻璃。

后来呢，后来有一天在听到他脚步声时，我拉开了门。我见到了一位略带忧郁的大哥哥，他开始跟我谈小说，操着一口普通话，一边叮嘱我要好好学习，一边又从小窗扔个字条给我。夜里他在屋里开着音响，我在屋里听着他的歌。再后来呢，再后来我要去外地上学了，临走的早晨，当他的脚步声又经过，我数到十秒，确定他已下楼，再悄悄拉开门看他的背影。他感应到什么似的回了头，我心如鹿撞地把门虚掩上，他却推开门，滚烫地抱住我，亲吻了我，我的初吻。

这个标志性的初恋当然是无疾而终，待我寒假再回家乡，邻居也已易主。我未完成的近水楼台之恋，蔓延到那些单身男邻居身上。有时在栏杆边站到夜里两点，只等一个摩托熄火声，一个酷酷的男人从我面前经过。事情的结果很有趣，我妈妈收到了不止一次善意提醒，他们说：你女儿很早熟。

恍然间已成年，不良少女邻家恋的故事版本也变了味。听到朋友说他父亲有两年外遇，母亲浑然不觉，离婚时才知道，原来情人是住在楼下的邻居，他出去买包烟的功夫就约会了。我笑，如果我疯狂于邻里关系，是不是找不到老公的邻居们都来敲我家门呢？

撞衫狂想曲

或多或少经历过这样的尴尬，你信心满满穿上一件喜欢的衣服，想在人群中受到目光的追逐，抬头却看见，有人跟你穿了同一款，甚至穿得比你好看。不管这个人是出现在大街上，地铁里，聚会中，超市里，撞衫刹那的不悦都像与情敌不期而遇。如果按《花样年华》的逻辑，你完全可以进一步联想了。

先来看看轻喜剧版撞衫事件，是在一个记录每人Fuck my life倒霉事迹的美国网站上，一哥们写道："今天，拿着鲜花和晚餐，打算给我认识了两年的女友一个惊喜。我敲了敲她公寓的门——然后一个英俊的年轻男人打开了门。我以为我敲错了门，道了歉转身准备离开的时候，我听到了我女朋友的声音——'宝贝，门口的是谁？'"哈哈，有什么不开心的，说出来让我开心一下，这是乐观生活的态度。再看一妞写道："今天，我打算给我上大学的男友一个惊喜。我走进了他的宿舍，发现他和另一个女的躺在床上。他看见了我，说了句：'愚人节快乐！'那天是3月19号。"OMG，你不得不为美国人化险为夷的幽默精神折服。

这事要发生在咱们身上，就仿佛没那么淡定，谁要是开个撞衫玩笑，势必激发了另一种创作，比如悲剧题材，比如暴力题材。有个女孩在闯见男友和别的女人乱搞时，竟是默默地坐在客厅沙发里，从包里翻出小刀片，在手腕上找准位置切下去，然后边看电视边等奸夫淫妇出来，直到尖叫声起。她解决了"你做一次爱的时间我可以流多少血"的数学题，抢救过来后，还惊叹自己智商高，终于认清爱情真相。

或者女人潜意识里挺渴望来这么一次的，好爆发自己的小宇宙。我就常听到大奶幻想在抓奸现场时，如何有气势地拿出一沓钞票砸小三脸上，说不用找了；或者马上拿出手机拍视频，边拍边点评AV主角的表现。幸亏她们不会开直升飞机，否则能想出如何在空中发现后院着火，然后一个俯冲下去，把屋顶掀翻。

撞衫的确是有趣的化学反应，而且考验危机公关能力。在你毫无准备的情况下，却要展现难得的才华。但窝火的是，有时是明明看到了门口的粉红色高跟鞋，却因为推不开反锁的门，而错过了与穿同件衣服的女人面对面的机会，就算你当时兴奋得要死，就算你早就准备好各种台词，却没上台表演的机会呐。

后来，我看到一位日本女孩的小说，又发现其实撞衫也可以处理得轻描淡写。当她用钥匙打开门，看见不认识的女孩穿着内衣坐在他腿边，只是"哎呦哎呦"吃惊一下，尽管在尴尬的场合，男主角晒得黝黑的胳膊还那么吸引，他发出"真没想到"的嘿嘿傻笑，她说声："太差劲了。"就退了出来。没有悲伤，没有憎恨。

谁动了你的影子情人

"快女"比赛如火如荼时，每到周五晚上，本不关心娱乐的大龄男女也看得来劲，还吵得不可开交。"曾轶可是最棒的，她超越了所有人，她有自己的世界。""你就喜欢畸形！""你爱装高级，郁可唯装高级，所以你爱她！""你只会嫉妒根红苗正的人。"吵着吵着，我想起了某年夏天娱乐性的分手结局。

那年夏天也是"超级女声"正当热闹，周末约会不泡吧不压马路而是和男朋友守着电视机。看着看着就吵了起来，只因为我挺周笔畅，他挺张靓颖。你一句我一句，从冷嘲热讽，到短兵相接，到气炸了。他愤愤地说："狗屎！"我不客气回了句："你才是狗屎。"空气忽然冷却下来，两个人好像忽然不认识了，这是我们第一次吵架，第二天就戏剧性地分手了。

当时觉得很好笑，两个年近三十的人，竟会如此孩子气。但再想想，你动了他的偶像，就是动了他的影子情人，你动了他的影子情人，就是伤到他的心。原来，我们都不是对方爱的样子。

在情窦初开时，大概每个人都有过收集明星写真的经历。那时我们八字还没一撇，但懂画饼充饥了，幻想着以后就找长这样的恋人，这样的眉眼，这样的身材，这样的气质。可后来，稀里糊涂地谈了恋爱，货不对板的事儿常有发生，凑合着以为习惯了，其实又心有不甘。以至守着个柴禾妞，想着和麦当娜上床，"喂，麦姐都已经是奶奶级的人了！""那又怎样，我小时候就喜欢她。""我还喜欢金城武呢，瞧你那瘪三样。"拌着嘴，宣泄出不满。

影子情人像什么呢？就像一朋友的儿子，睡前一定要吃块巧克力，他说："我一定要吃，我必须要吃，不吃我就会生病！"所以，谈恋爱有时是很麻烦的，一不小心就踩到别人的巧克力。如果是个活生生的小三，你还能争风吃醋去，可是影子，你怎么踩都踩不碎，以牙还牙时，也只能找来一个迥然不同的影子来打太极。

男人会说："女人看女人是不客观的。"可不，"快女比赛"都不设女主持了，女评委一夸短发女生，就会让人揶揄：她是不是拉拉啊？这局面也只有到快男比赛来反转，女人们嚼着薯片，两眼放光，唧唧喳喳，让男人直斥女人品味低俗，恨不得砸电视。记得快男风靡时，某些杂志还忐忑着向女人求证："现在流行女性化趋势的男生，那种粗犷的纯爷们不吃香了？"

所以感谢选秀类节目，让一把年纪面容憔悴的男女，还能指指点点地说着，那才是我想要的人。是啊，现实不如人意，审美却不言放弃。"那又怎样，你还能跟我离了不成？"抱怨完了，黄脸婆和啤酒肚还继续过日子。

也只有不肯长大的人，始终如一爱着影子情人，日复一日地说：我爱的人还没到来。

暧昧的牙齿

女友说起拔牙的经历，拔的是两颗复杂牙，疼痛过程也更漫长，事后的回忆却有点暧昧："那是个让人有好感的牙医，不过我不会再见他，因为他看到了我口水混合着血水，疼得泪流满面的样子，像是一种隐私。"

女人的隐私真是很玄的东西，即使武装到牙齿，也难掩内心脆弱。而牙医却是使用冰冷的器械在你的口腔里工作，一边看着你的痛苦表情，一边微笑着安慰的角色。当女人光彩照人，连一丝鱼尾纹都想掩饰时，却不得不在一个陌生男子面前，展露口腔里的污蛀、参差、并不唯美的世界。何况，你哭了起来。纵是这个牙医再温柔体贴，你心里也多少有丝不堪吧。

作为一个牙齿并不完美的女人，我每次对镜子张开嘴巴，就能看到门牙两侧修补的痕迹，自然也就想起那次洗牙过后，对牙医提出的奇怪要求：请帮我把那两道牙缝补上。当时牙齿还有些酸痛的，可仰面看着斯文白净的牙医，竟有搭讪着再做点什么的冲动，也许是药液的气味和器械的轻重给人好奇的体验，在他犹豫着问：

牙缝补了吸吮的时候就会气流不透哦。我只肯定地点点头。直到后来，看到填补的材料慢慢变了颜色，才后悔那片刻的迷恋变成画蛇添足的印记。

最日常的牙齿，貌似与爱情没有关系，可前两年我看一部电影《爱情的牙齿》，却有种被拨牙的感觉。女主角在阴雨将至的天气，伴随着隐隐作痛的悲伤，叙述起从年少轻狂到平淡少妇的爱情波折三段曲，然后要求牙医不打麻药给她拔一颗牙，只为感受在她麻木要求离婚时，丈夫一把用钳子拔下她说可爱的那颗虎牙的疼痛。

牙齿的感情表达是最为纠结的，在它咬噬切碎各种食物时，像个无情的利器，在它面对情人的肌体时，却又像个多情的印章。食物不知道疼痛，情人却会计较你的牙印及其后遗的淤血，有时还会成为是否别有所属的判断依据。比如在床上，两个人痴缠亲吻，你的牙齿停留在他脖子上，他却躲闪不已：别咬，我怕。是真的怕疼吗？第二天，他也许吐露隐情：我有女朋友的。于是你笑着替他解释：是啊，留下牙印就百口莫辩了。

爱上牙医，只是一种口腔中的秘密，不被爱上的牙印，却是一种酸溜溜的难以言语。有一年情人节，我匆匆赶去机场"邂逅"末班航班的前男友，在他扯下围巾时，意外发现脖子上一块紫红的印痕，就像看到了一张打上了"非卖品"标签的CD，虽然他顾左右言他地问着新配的眼镜好不好看，我失落的眼神却转不开去：一切不会再回来了。

我们无从知道另一个女人口中的秘密，有没有可爱的虎牙，有没有修补的牙洞，可爱情的牙齿咬在你爱的人身上时，仿佛产生疼痛的交集。

修理版艳遇

　　洗澡时发生了一件小概率事件，连接花洒的水管破裂了，水花从中呈直喷状。完了，我着急地想把水管裁剪掉一段接上，却怎么都弄不开。深更半夜，找物业也不行了。忽然想起厨房里有一段装修时多买的水管，研究发现，螺丝都是可以手动拧开的，于是换下破水管，接上新水管，继续洗完热水澡。

　　期待我的猫能用"妈妈我好崇拜你哦"的眼神看我，没得到回应，转而向网上的朋友炫耀自己多么能干。结果他们嘘我，说有什么好佩服的，电影里洗澡停水的故事太多了。另一个说，停水常见，但家里有备用新水管的不多。再一个开始往邪念里引了，水管工的毛片挺好看的……哈哈，猛然发觉，原来我错过了一场艳遇。

　　单身女人生活真是很锻炼人，尤其在家中遭遇突发性故障。第一时间是沮丧，接着就会想，找谁来修呢，这是个最微妙的环节。可以光明正大地撒娇求援的机会不多，男人们可以大显身手的概率也不大，所以故障的发生是天赐良机。

　　很多年前，我家马桶坏了。于是第二天，我像寻找猎物一样打量着身边的男人。恰逢那天有个新闻发布会，一个阳光又帅气的男生主动接近我，我更为主动地请他喝东西，寒暄过后，我冒然求助："我家马桶坏了，你能去帮我修一修吗？"小男生一脸愕然，被浪漫后的阴谋慌了手脚，答道："这个，很专业，我也没修过。"我顿时兴致全无。

几小时后，我成功找到一个替身，一个暧昧多时，但一直无法破冰的男性朋友。这朋友是熟男，也老道，收到这个信号，二话不说，工具也没带就到我家来了。好嘛，从九点折腾到十一点，腰也酸了，汗也冒了，小区最古老的电梯也停了，马桶貌似也正常了，他也名正言顺留下来过夜了。睡沙发，不舒服，那就睡在一张床上，客气半晌，正式发生男女性关系。制造艳遇的结果是，次日他走后，我一拉水阀，奶奶的，马桶又坏了。游戏再来一遍吗？不了不了，老实找个师傅来修。

为什么修理符合某种性幻想？一种通俗的答案是，男人专注于某个工作时，很性感。而如果这是个专业细节的活儿，修理地点又出现在你私人空间里，就更性感了。记得有个男人到我家帮我修笔记本时，我神奇的笔记本只能悬空在某个位置，硬盘资料的拷贝才能正常进行。于是出现一个神奇的姿势，就是我跪在他腿边托住笔记本，让人一下血脉贲张。

还有一种解释是，一个熟悉又有点暧昧的男人，这时来到你身边容易散发英雄救美的爱意，而这个感动很容易蔓延成以身相许的前戏。但女人的弱强变化是个化学题，自从我连环形灯管都会换后，就与此类艳遇绝缘了。

借种计划

性爱在现代社会与繁殖功能越来越脱离了干系，如果一个女人问："我可以跟你上床吗？"男人往往欣然答应，而若问："我可以跟你借种吗？"他会面带惊恐作回避状："我智商不高的。""我又抽烟又喝酒，不健康的。"甚至自毁形象："我纵欲过度，怕无优质精子可贡献。"以逃过一劫。

而恐婚族或者不婚主义中的女性，又会因为年龄危机和生育本能纠结起来，"我不想结婚，但想生个孩子。"所以当一个女人尝试做单身妈妈时，女友们会表现出更多支持和理解，"如果你有足够的心理准备和经济能力，不妨一试。"比起挑选如意郎君，她们挑选精子的标准也更简单，优秀基因至上，纷纷出谋献策："找个老外吧，生个混血儿，聪明又漂亮。""康巴汉子也不错，基因很强大，我有女友屡次去西藏，就想借个种子。""实在不行，就去精子库挑选，人工受精也不麻烦。"

和通过婚姻合法生子的传统想法不同，借种计划纯粹把男人当作播种机，而具有强烈的排他性，"最好借种完毕，不再联系，以免男人跟你抢孩子。"但男人显然对这样的"慈善事业"不感冒。我一哥们说，曾有个双性恋女友找他合作生子，本看她貌美，也颇有上床意愿的，但听完她列举的若干条件，他便坚决不干了。"她要我戒烟戒酒半年，每月去医院体检，然后在春暖花开时，带着爱意播种，回报是以后我每年可以见我的孩子一次。"另一个哥们说："给钱才干。"给多少钱呢？十万不行，九十万可以考虑。男人借机起哄，女人哧之以鼻，"哼，去香港做人工受精，一条龙服务也不超过十万。"

看来借种计划不能大张旗鼓，否则男人不是逃跑，就是坐地起价，虽然他们在那些一夜情之类的性爱运动中，早不知流失了多少精子。但抛开未经同意擅自"取精"的行为是否道德不说，想有一个带着体温的借种行动，成功率貌似很小，正如女友们感慨："这年头上哪找个高智商又帅还不抽烟不喝酒的男人。"

我怀着做实验的目的，锁定一个才貌双全的神经生物学博士，问：科学家，你可否同等对待人工受精和通过真实性交获取精子这两种不同形式？他说：实际操作难度很大，看心情。我又问：你心情好的几率有多大？他说：百分之七十。我说：很好，你准备好了通知我。

但是很不幸，科学家仅把此举当作我的迂回上床策略。次日凌晨1点多，他带着醉意和我搭话，并大胆地留下门牌号码，鼓励我杀上门去。若在平时，我势必一拍即合，但此刻我清醒地想到：不行，这不是苟且偷欢，这是很严肃的借种计划呀。于是灭人欲，存科学，最迟也得等他一个月内不再喝酒才行了。

当女人为取精有道劳神动脑，子凭精贵的男人也斗智斗勇。比如小心翼翼的女友一反常态地强调自己在安全期，要求真枪实干，男友反而满脸狐疑着翻箱倒柜找套去。更有害怕后患的男人，在胡混乱搞的生活中，抛出免责声明：我做过结扎手术了。所以当一个女友借精成功，并诞下双胞胎，却大举张罗"认爹"行动时，免责过的播种男人连DNA鉴定都不理了。

是啊，借种有风险，后果需自负。这可不是一桩有人买单的鸿门宴。

鸡蛋男爱撞墙

有一哥们喜欢大吐苦水，开始觉得他招人烦，婆婆妈妈。但出现次数多了，又觉得他颇具喜感，是个爱拿自己的痛苦开涮的单口相声演员。他越百思不得其解，围观者越是发自内心地窃喜：多可爱的一枚倒霉蛋啊。

最近他遭遇了很多"砖头一样的女人"，多得够垒成一堵墙，你别说，他真有一种爱撞墙的执着，屡战屡败，屡败屡战，黏糊得不成人样。那都是什么样的砖头呢，"别人给我介绍一个女人，博士，竟然没QQ号，还说了一句'你怎么还上QQ呢？那都是不爱学习的人玩的'我说，我不只上QQ，我还上鸡院呢，她说要报警。""亲戚给介绍一个女友，我说见见面，那女的说不好意思，觉得尴尬，我说都什么年代了，见见面，我请客吃个饭聊聊。她说自己没想象的好，我说我真没想象过，意淫倒是有。她说怕家里有看法怕误认为见网友怕见面没话说，没话说我给你说单口相声总行了吧。她说'再让我考虑两天'"。

他那个郁闷啊，怎么这些女人保守得跟60年代的女人似的，他一开口就像成了骚扰狂。别人好歹是"见光死"，他完全就死在黎明前的黑暗里了。他自诩现实中人见人爱，人缘颇好，但接着他又郁闷了。除了有先见之明的砖头女让他无从下手，真被他见到的女人一样惊弓之鸟，"还有一次是朋友给我介绍的，圣诞节见面。我说，圣诞树挺好看的，我给你拍照照片吧。她吓得跑了好几十米，说好几年没照相了。"

综上所述，我说，问题出在你身上，因为你有种猥琐的气质，就像街上的露阴狂。他说，对对，我平时装得没有破绽，大家都认为我是一个有风度的人，但是挺累的，内心真挺猥亵的。唉，谁没有libido（泛指一切身体器官的快感），谁不想释放，但你一上来就想找个热油锅，偏又去招惹半天烤不热的砖头，完全是计算失误啊。

我觉得libido的释放是个技术活儿，不能操之过急，否则就鸡蛋碰石头。当你远远地看见一板砖飞过来，不能一头撞上去，要学着擦身而过，留点边际效应，然后再转过身来，追着砖头跑。跑得过程中，慢慢释放libido，在空气中弥漫着欲望味道，直到和砖头发生化学反应。所以我注意到有种很man的男人，喜欢长跑运动，每天跑个三千米，问他有这工夫怎么不去泡妞，他说，就是跑给妞看的呀。

不过话说回来，我也是个性急的鸡蛋女，受不了温吞水的墨迹，人和人的距离不过一层蛋壳，一拍即合就好了。深夜里和女友聊天，发现熟女都彼此彼此，"已经没有心情循序渐进了。""都想不劳而获呗。""动两下就不想折腾了，下半辈子怎么办啊？"只是拆除强大的砖头伪装后，还有守株待蛋的乐趣么？

温暖牌大叔

陈升出新书《9999滴眼泪》，刘若英给他写推荐序，看得人泪光闪闪，纠缠多年绯闻的男女竟是父女般的情深。那个一生"极端又模糊"的特别陈升，浮出了温暖大叔的形象，让人也期盼八十岁时的刘若英和九十岁的陈升在树顶遥遥相望的样子。

一时唏嘘，女友们也回忆起生命中出现过的大叔们，虽然没有伟大到"每个成功女人背后都有一个男人"的境地，却也暖流阵阵呢。A说：我意淫的那个台湾大叔，还经常给我寄书，不知道他来北京时，能不能勾引到他。B说：是啊，我那个大叔也给我寄书，对我很体贴，关心我的成长，我从他身上学到不少东西。我想了想，我也有过一个新加坡大叔，陆续给我写过一年邮件，鼓励我写作，赞美我的女性主义。大叔们的温暖宽厚，如出一辙。

也许真正成了糟老头的大叔，不会活跃在我们的视野里吧。虽然哈狗帮唱的西门町大叔爱觅援交少女而猥琐无比。我们碰上的那几枚大叔，却是越老越有爱的老顽童。他们会开着破摩托或者老吉普，很拉风地搭着女孩兜风；会随便你不矜持地大笑，在你喝到烂醉还收拾残局买单；会在你失恋时，陪着你控诉男人，甚至凄清孤独的除夕夜，像收留流浪小孩那样陪你过年。如此说来，女人如果不能拥有一枚gay闺蜜，大叔亦是不错的选择。

可是，我们都和大叔们停留在神交，而不上床吗？"和你上过床的男人，最大年纪是多大？"成了下一个话题。女友奋勇告知，最大的那个大叔今年五十七岁了，上床时也快五十了。大叔前两天还给她发了打篮球的照片，身体还棒棒的。"皮肤很好，光滑紧绷，肌肉线条也不松弛，比我遇见的很多年轻人身材都强。"有点嘲讽时下三十出头就爱无能或ED的男人。

其实不在于硬件差别，而在于快餐遍地，年轻男人与你交往直奔主题，不上床就拉黑的年代，大叔的那种"好有爱"泛起了人性光环。所谓"大叔有三好，成熟隐忍易推倒"也是可贵的品质啊。再想一想经典电影《这个杀手不太冷》，被小萝莉推倒的冷酷大叔，多么壮烈。

人往往执着于年轻时的恋爱方式，所以和生于五六十年代的大叔交往，可以体验一种复古的爱情。他们搞肉体前是要搞精神的，他们搞完肉体也形散神不散的。而站在世纪这头的你，可以率性地享受着萝莉待遇，大叔不用跟你讲车子房子怎么按揭，今天的家务谁做。只是像加油站一样，洋溢着爱意，当你上路找新欢时，还帮你关好车门，微笑着说：去你想去的地方，不要害怕。

我们竟灰心到向往和大叔的恋爱了吗？前些天网上流传一个"中年爷们俱乐部"，贴了好多款大叔照，斯文型强壮型任君选，看来温暖牌大叔真有市场了啊。

最后的催情药

　　"昨天发生超级奇怪的事，地震又把他震出来了。"将要披上婚纱的女孩，因为他的出现，像忽然抓到一棵稻草。曾约定，用摄像机把整个初夜拍下来，曾约定，生个孩子当纪念品，曾约定，就算各自结婚了也要当地下情人。可他竟然消失了几年。

　　这一次，女孩想把他抓住。比婚礼还精心地策划一场约会。要约在看不见熟人又距离不远的城市，以朋友聚会而非幽会的借口；要选一个不容易被他妻子怀疑的日子，把握给他发短信的时机；要有一条他爱逛的街，有一间略为暧昧的餐馆，有一个适合休息的地方……

　　她知道，他一定对她还有感觉。当年，他一礼拜给她写两封信，他一个kiss就让她全身发软，他单手就把她的内衣扣子解开。但最关键的一次："他压在我身上蹭了半天，最后他的手在下面裤子外面晃了几下，就说，我出汗啦，去给我拿冰淇淋。"

　　也许是这样的留白，让他们不管把身体给了谁，仍念着对方。女孩说他是能把她全身细胞都激活的人。嗯，如果有人能把她从身处的现实中掠走，如果有人能让她成为落跑新娘，那就一定是他了。

为了完美约会，她甚至制定减肥计划。其实她的身材已经够好了，"你见过×××以前的裸照吗？腿和腰，还有胳膊的比例，基本一样，胸比她大一些。"唯一不满意的是，腰间有一点赘肉。所以，她决定过些天再拍一张照片，对比效果。如果能看见脂肪纹，就不去见他了。尽管，她不知道四年不见的他是不是还那么帅。

她把前前后后想完一通，忍不住地发了条短信试探。他对出游不置可否，只问什么时候去。她兴奋得一夜未眠。枕边那个男朋友，在这一夜就像多余的人。第二天，公司开会她也不去了。世上的一切都没有等待一场"私奔"重要。

可几天之后，她彻底萎靡了。因为他确切地告诉她，不去了。然后，再次消失了。这个在她生命中进进出出的男人，又一次像催情药般给足幻想。可这是最后一次了，她像收拾好行李却等不到马车来接的公主。无论如何，她不再等下去了。

有一种爱情，永远都不会结果。他只是把爱过的人藏在发条失灵的旧钟里，有时听见钟响，便过去抹一抹灰尘，却从不打算把钟盒打开。因为，他不想破坏早设好的钟摆定律："女人，是不可冷落的动物，也是不可太认真对待的动物。"

拍婚纱照的前一夜，她一个人哭了个够。第二天，眼睛还是肿的，掩饰不住的眼袋留在新婚的幸福画面里。升级为老公的那个人，从没发现她的这一段"梦游"，消失的那个他，也不会知道自己的缺席改变了什么。一个女孩，就这样在内心完成了自己的交接仪式，变成了人妇。

前任们爱空姐

听闻前任爱上了空姐，正在谈婚论嫁ing。朋友问，你是不是有点心酸啊？怎么说呢，若在两年前，会仰天流泪。现在嘛，就像看见一个远房亲戚的媳妇，先揣摩着形容词了：面若桃花，媚眼扣丝，正点！再遥想与他的最后一次见面，正是在机场，好奇着他脖子上的粉红吻痕，而他支支吾吾。如今算不算，巧合地给了个答案：我们的终点，正是你起飞的地方。

关心花落谁家是人之常情，只是有样本分析嗜好的我，发现无独有偶，前前任和我分手后，也迅速找了个空姐谈婚论嫁而未遂，更加疑惑，男人选择恋爱类型的跳跃性如此之大。如果把我归入文艺女青年类，那我算是起到物极必反的作用了。理论上来说，每个男人都应该和空姐谈一场恋爱的。而空姐，根据前任的文字线索，是放在制服诱惑的第一人选。彼时，他正朝成功人士的方向发展，也艳羡其朋友与国航某机组的空姐都过从甚密，称之为非一般层次的齐人之福。还遗憾自己每回坐飞机不是看书就是写报告，又或不是坐在头等舱的缘故，未能搭上空中恋爱航班。结果，有志者事竟成，真和空姐好上了，还认真到结婚的地步。

但我对飞机上的艳遇是陌生的，一年都坐不了几次飞机。最大一次收获莫过于艳遇了一个物理学博导，经历了斯文其表猥琐其心的笑话，那便是飞机上勾搭，下了飞机为其打飞机。所以，我很想知道，前任们到底是因为一杯泼洒的咖啡，还是一条温柔的毛毯开始他们的制服诱惑恋的，更想知道，约会的时候，她们穿不穿工作服呢？

朋友说，你有偏见，也许他们爱上的是空姐的灵魂呢？漂亮女子未必就是思想空洞。那倒是，前任们都属于颇有理想主义色彩的男士，一旦条件成熟，定是要阅历适合幻想排行第一的女性。而按我的定义，空姐更像一只无绳的风筝，世界上有那么多她们可以抵达的地方，天空中有她们更自由的高度，而恋爱又是可以像一次次起飞和降落那么率性。对于那些，揣着成功人士名片时常想派发给你的男人，不过是一顿飞机餐。

落到地面上的事情，无脚的鸟儿如何才能停下来不飞？若是缺乏空中驾驶经验，当以世俗要求面对空姐恋人，多少有失控感吧？比如未遂的那位前任，据说他暴跳如雷是因为空姐女朋友无法拒绝与他人的私下联系。如果每一趟航班，都有一杯不小心泼洒的咖啡，怎能甘心只作你的杯中水。

如此一想，前任们爱上空姐这个事实，与他们的前任差距便不是那么大了。到底都有着飞翔感的灵魂，哪怕仅是一种形式。审美上的截然不同，却不影响本质上的一次勾兑。于是，很欣然地以为，原来我也是隐形的空姐呢。

Part 5

>>> 寻欢作乐的人 >

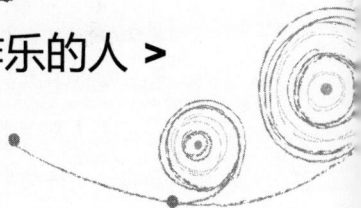

怪叔叔来了

日前与女友交流八卦，聊起熟识多年的男人，好似一个个雕栏玉砌应犹在，只是朱颜改。她说："最受不了F，又去了××杂志上班，还在用文艺花腔泡无知少女。"这句话的分解是：1.我们曾是无知少女；2.我们曾迷恋F的文艺花腔，并视为偶像；3.F多年不变，风格不改；4.我们不再是无知少女了，他变成了怪叔叔。

女人对异性的兴趣路线，是在否定之中行进的，二十岁时有多喜欢一种类型，三十岁时就有多不屑这种类型，然后四十岁时又将前面的统统推翻。但男人对异性的兴趣要专一得多，从二十岁到八十岁，都始终是喜欢十八岁到二十三岁的女性。因为男人不需要女人身心多么成熟，更不要成熟到和他匹配，他的拿手好戏就那几样，懒得为你排练新节目。

所以怪叔叔典范倪震叔叔，数得出几样宝：爱讲做人道理，十五分钟即到，会说讨人欢心的话，爱在夜场"孔雀开屏"。末了来一句经典文艺腔："我知道你有另一半，所以我不会问你们的事，你也不要问我的事，在我们的爱情世界里，只有我们两个人！"

这都是似曾相识啊。不过我们的怪叔叔F，丝毫不比他逊色。有些段子讲起来，还更风骚呢。比如说，他的女朋友A，偏头疼得山崩地裂，老公四处寻药都无济，偏偏躺在F身边，听他念法国新小说就好了；又比如说，他无论如何都要和女朋友B分手，B说那拍完婚纱照再分手，F二话不说就跟她去拍。至今他的女人流转无数，B还在婚纱照里走不出来。

你看，这个怪叔叔也是不按规矩行事的有戏剧精神的人。但厉害的是，经手过的女人都似周慧敏那样，认为F是自己的精神伴侣，是那个让自己成长的人。对啊，他引导人听另类音乐看前卫小说，他没有道德感，但又有输出价值观，他还称自己是女性崇拜者。一个男人在上床之外，做了那么多事，没有功劳也有苦劳吧？

忽然我们发现一个重点，其实F很抠门。他绝对不是拿钱砸妞的怪叔叔，连请吃饭都很少，他是支持女性独立自主的，他也很培养她们。这点和石康倒也蛮像。所以呢，少女们追求着和F"言谈上达到颇为剧烈的高潮"，也不去想谁给她买LV包了。那么F到底付出了什么？我说，其实呢，这样的怪叔叔属于社会资源，他天生就不是谁的老公，他的存在是给更多的女人编织梦。女友刻薄地概括：其实就是男优嘛！

转眼间，认识怪叔叔F快十年了，他到底没成为有钱人，也没栽培出大牌女作家。那次听一个女友说起与他阔别三年后的重温："技巧上更好了，但身体比以前虚弱了。"我不免想说句：珍重啊，你是一个人在战斗，你不能老去。

少男寻体验

　　大周末在家坐着，居然天上掉馅饼，一条请求加好友的信息闪现眼前："二十岁的学生找一夜"。简单明快，新鲜诱人，像路边摊刚烤好的生蚝，问你吃不。在确定他不是寻包养，也无金钱目的后，我让他发了张照片看看，眉清目秀，长得貌似刚出道的陈百强。

　　他亲昵地叫唤着姐姐，问我喜欢什么类型，我说喜欢乖、听话、孝顺的。他俏皮地回应道："像领养小孩……我没有钱，没办法给你买什么礼物，但我觉得我很合适。"我听了喜忧参半，祖国花朵啊，如此求摧残。"你为什么不找女同学呢？"我问。他说："没兴趣，都那样的，走在路上看着都不舒服。"到底哪样我也不清楚，是不是大学女生都向往外面的花花世界，男生们也各寻出路。

　　我承认，作为一个成熟女性，也和老男人一样，喜欢收割青春。可是青春送上门时，我却有说不出的生涩感。几年前，我去电影学院采访，和小朋友聊天，席间出现了一个帅气的男生，漂亮的单眼皮，略带倔强的嘴角，脑腆中掺杂叛逆的味道。可是，我还来不及有具体的想法，他却跟着我离开，和我坐上了回家的车。他说："我是我们班最后一个处男了，我想和有经验的女性开始第一次。"很简单的愿望，直到我亲手为他戴上避孕套，还不禁反问自己："我是一个好学校吗？"

也许，担心男孩子的贞操是多余的想法，在他们走向成年时，获得经验也许比获得爱重要。可是听男人们讲述他们的初体验时，又如此微妙。有的人爱上了女老师，英语老师尤其热门，"她的思想很西化，我在她的房间里学习，然后和她做爱。白天上课看着她，还是那么崇拜"；有的人是被师姐勾引了去，"那一次我几乎是被诱奸的，她脱掉我的衣服，让我亲她"；有的人更莫名其妙地成了学校外面小卖部阿姨的猎物，"我还记得我们都叫她王大姐，大姐在床上对我特别好，教会了我很多东西，所以我从起点就胃口很高。"然后呢，不管他们毕业于什么样的"学校"，都成了今天身经百战的样子。如果重新来过，他们会不会选择一个正常爱情下的初体验？

电脑的那一端，二十岁的男生还在等待我回答。显然，他早已打开了那道门，他正在告别青涩后迅速扩张欲望的道路上，他问："你做爱有什么习惯，比如，你不喜欢什么？"我说："没有不良习惯。"然后他便确定时间地点，礼貌地说："我下周考完试约你。"

我看着照片上，那张稚气还未完全消失的脸，很想问声："你为什么不谈恋爱？"但我没有问，因为想起一个同样二十岁的学生情人对我说：那时我真的有些爱上你，可是你不过是想要我的身体。

系统爱好者

一个极品男跟我汇报他近期的得意之作："我发展了三个结婚对象，一个是警察，一个是检察官，一个是律师，都是在一个月内认识的，哥们牛吧？"哇，公检法系统一条龙，很有创意。我说哥们，你得有个排序吧，哪个结婚哪个做情人，犯了案全派上用场。他故作隐忧：我就怕她们把我一条龙了。

威严感是一般人不敢碰的，但在他眼中，威严才是性感之极。我这么写都怕犯忌，但天下人真是无奇不有。他是如何吃了豹子胆和女警察约会的呢？他说就是过生日的时候，紧急邀请女警察来家中，喝了好多红酒，然后，警服在旁边还有帽子上的徽章闪闪发光……此处省略若干字。我说，你就是玩制服诱惑也不用这么冒险吧？仿制一套让女朋友们轮流穿也一样啊！他说，那样心理上的感觉就完全不同了。唉，玩心跳都不怕撞在枪口上。

可他相信刺激险中求，这不，晚上要和女检察官吃饭去。我问，这个你也打算收？他说，有难度，见机行事吧，这是一顿压抑的饭。因为女检察官特别精明，曾经问他，有没有和别人在一起？

他说：感觉在她面前，什么秘密都没有。嗯，你的呈堂作供，一切将作为证据。若有摆不平的事，女律师估计也无法为你辩护了。就在这时，他忽然又想到，他还有一个聊得特别好的法医。我说：你的系统够特别的，从身体游戏到遗体解剖，全兼顾了。仿佛不是冲着结婚，而是冲着命案去。

这样一个极品男，有什么神通之处呢？倒也说不上，他的身份不过是小公司的老板。可规模化系统化管理算是他的强项吧？韦小宝的现代CEO版。比如他的公司业务所到之处，定会在购置房产的同时，发展一两个当地情人。他常用一个统称：那七个女人。也有出现管理漏洞的时候，比如带着东北情人去上海，却碰到夜里喝多跑去他家睡觉的上海情人，六目相对，尴尬不已。但好玩的是，他让七个女人相互认识了，关系好的情人们还会串门拜访。而演变成一个后宫关系，比如她们觉得他不适合配置性感女秘书，就决议通过一个安全感极高的秘书在其身边。

而今，他有了一颗收山过日子的心，决定不再让七个女人认识公检法的三个新女友。他认真地解释，我不能和她们七个中的任何一个结婚，因为娶了谁，都对其他6个不公平。所以，他开发了一个全新的系统，并对系统中的新女性做好保密工作。这么说时，我感觉他很像一个有编剧才华的特工。

他浪漫地规划着蓝图，声称以上内容绝无虚构。我说好，那你现在说要收了我，还没给我安插系统的职位呢？他笑，我还从没收过名人呢。那名人的作用是什么呢？我想了想，哪天他壮烈牺牲，我可以给他写传记。

穿上丝袜好不好

一个女人脱光所有衣服后，最让她没面子的是，对方要她穿上。可比穿上衣服更唐突的是，他用请求的口吻问："你有没有丝袜，穿给我看好不好？"如果一个性感女郎正好穿了连体丝袜，被抽丝剥茧地解除最后武装，可能叫激情；而如果反过来，你光溜溜了地解放了身体，却在对方眼里像个有缺陷的物件，"对不起，只有穿丝袜能唤起我的兴奋"，你恨不得找个臭袜子塞进他嘴里。

并非我们是天生没情趣，在特殊时刻遭遇恋袜癖，的确措手不及。作为一个还比较配合的女人，我也曾马上跳下床，翻箱倒柜找各式袜子，但过时的肉色丝袜是一双都找不着了，于是兴致勃勃抽出几双彩色丝袜，红的，紫的，橙的，最后挑了双自以为时尚迷情的鱼网袜套上了，对方却脸都绿了，"没感觉？""这双很怪。"后来和女友交流，她哈哈大笑：男人看见我穿鱼网袜就头晕，尤其处女座男人，对彩色丝袜很抵触，而肉色和黑丝都被撕坏了！

原来有这么深奥的学问，原来在恋袜癖的男人眼中，这双丝袜和那双丝袜的区别竟如茄子和莲藕。我差点忘了，他们恋的是无生命的物件，而非你的腿本身。如果他一直只吃莲藕，那茄子真可能让他大倒胃口呢。可是，当你沉迷于和莲藕做爱时，我到底算哪根葱？

所以和恋袜癖做爱，有时是蛮扫兴的。很多年前，在我家里还有肉色丝袜时，我一穿上，就看见他两眼放光，抓着我两腿对丝袜又舔又咬，还能听到他扑通扑通的心跳，那时懵懂，以为这前戏完了该进入主题了吧，说："好热，我把袜子脱了。""不要，不要。"对方竭力制止，生怕从云层落入大地似的。于是看着他对那层薄如蝉翼的物件，像见到八辈子的情人般痴迷，真切地感受到，什么叫做在你身上做着他与别人的爱。

科学研究提示我们，恋物癖多是在青春期对特殊物件产生性兴奋而形成依赖，比如丝袜，内衣。这样的条件反射持续到他之后的性活动中，一旦没有刺激，性欲就会低迷。而我还发现，恋袜癖往往有比较内向害羞的性格，他们需要某种介质的鼓励，而对完全赤裸的身体，像社交障碍般让他们难以投入。

在一个不幸遭遇恋袜癖的夜晚，他腼腆，他若有所思，他说他不是那种快来快去的人。他保持着拥抱的姿势，附在我耳边轻问："你穿上丝袜好不好？"我很抱歉地答道："真的没有。"我不敢再拿出五颜六色的袜子吓人了。然后如你所想，他总是努力也很艰难的样子，整夜像在蠕动而非做爱，我笑笑地抚摸着他的脑袋："我们好像一直只是在拥抱。"没有说出的后半句是："你一直只是在想着丝袜。"

果儿有爱

　　刚进地铁就听见吉他弹唱，从车厢的那端传来深沉忧伤的曲目，唱功是酒吧驻场歌手级的。我不禁好奇回望，是一个长相颇好的男子，高瘦冷酷，长发黑衣，且无风餐露宿的沧桑，好像只是在风和日丽的下午即兴搭个地铁。但他挂着吉他的右肩同时挂了一个牛皮小包，包上写了"卖唱赚钱"。

　　捕捉到我视线的他，迅速移动到我身后，像忽然调大了音量的音响，震颤得我慌张。我已经不和摇滚乐手流浪歌手打交道很多年，空洞的眼神上方也没有厚厚的假睫毛，更没有烟熏妆和朋克装，隐匿在人群中只是再普通不过的大妈模样。莫非他嗅出我层层包裹的外壳里还残留着果儿的灵魂，以至要揪出来为这一曲买单。我深呼吸一下，连忙拉开手袋，拿出钱包，抽出仅剩的一张10元零钞，转身递向他。他的手在吉他上没有停，只侧了一下牛皮小包。于是，我完成了动作，他唱完他的歌，以邂逅的语调对我说："我给你留个QQ吧。"

　　"不用。"我很有气节地吐出两个字。他却在我耳边很响亮地重复了两遍QQ号码。然后走向前方，然后下了地铁。我的大脑中闪灭着他的号码，仿佛听见黑暗中有个声音说：别躲了，你就是个对行乞的老太太装死，却爱男色的果儿。

嗯，其实北京这个地方，有很多热爱着乐手的果儿，她们出现在地下酒吧，出现在迷笛音乐节，出现在"代表月亮消灭你"的豆瓣小组。著名乐评人黄燎原甚至在他的新书《烂生活》里这么描述："摇滚圈里有一个特殊的'果儿圈'，这些可爱的女孩儿按照她们自己的标准，把乐手分成三六九等，并且给每一个档次的乐手定价。比如出过EP的三十元，出过专辑的五十元，上过MIDI和摩登小舞台的八十元，上过MIDI和摩登主舞台的一百二十元。这些价格是指她们和乐手上床的出场费，当然钱由她们掏。"

这样的"男色消费"价目表，自是玩笑成分多一点，而非天上人间性交易。有人评论道：果儿跟专泡模特演员的帅哥一样，不过都是有爱好而已，还真谈不上肮脏。而摇滚歌手跟模特演员又是那么相似，一种是有貌，一种是有才，都彼此彼此，这个简直就是爱情嘛。正是有了大无畏的追求精神，才有了某种意义。

什么样的意义呢，曾有专睡大花臂纹身电子乐手的果儿说："每当音乐节看到台上的乐手们，联想着他们在床上的样子，心里就乐开了花。"这种快乐是心里装满爱和虚荣的，在夜里打车狂奔向乐手时，在为他做着好吃的饭菜，听着他神经飞扬的音乐时，在EP打榜高兴得像生了孩子时。"没有这些伟大的女性，就没有中国摇滚乐。"

至于爱情的结果在哪，果儿们经常是不问的，她们宁可承认自己是爱才好色的不靠谱女孩儿，只为名单上又多一个大尖孙儿。专一的果儿也有，那是爱得狠了。比如一个果儿把青春和爱献给他的乐手男友，陪他从一文不名到登台MIDI，为他经营了6年酒吧演出，直到男友被新果儿包围，她成了功德圆满的退役果儿，只留下一个背影："她就是那个卖门票的吧？"

所以摇滚圈有拍《果儿》电影，有夸果儿的《烂生活》，如感谢赞助单位一样，感谢那些用摇滚精神爱过的女孩们。

富婆的爱情

　　"刚陪富婆捉奸去了，还真捉到了，真无聊啊，男的在和两个女孩喝茶。富婆和他吵了起来，我把俩女孩捎回了家。"女友深夜八卦，带来娱乐话题。我们并不仇富，但如果荣幸地成为富婆的"闺蜜"，那是苦不堪言的事。因为富婆在吃穿不愁，百无聊赖之后，最大的兴趣就是谈恋爱，每一次开心，每一次失落，都像世界头条一样牵动你。你却不能对她说：你什么都有了啊，你还折腾什么？

　　以前一哥们说，女人分两种极端，一种是一直恋爱不想结婚生子；一种是早早结婚生子而后空虚地满世界找爱。而我有幸认识的富婆，基本属于"倒挂现象"的后者。她们通常有富裕的家境，无需奋斗就过着上好生活，然后到了年龄，又被安排了强强联手的婚姻，顺当地为人妻母，没有半点挫折地风光体面地活着。可是，不知道哪一天开始，丈夫相敬如宾地不再和她做爱了。这时，她忽然发觉自己没有伤心伤肺地爱过，也没有世俗地寻欢作乐过，她要去补回来。

怎么补？报纸上说的找鸭子，包养小白脸，那是妖魔化。真正骄傲的富婆是相信自己用魅力而不是钱去征服爱情的，但是钱又有个好处，她能够建立她想要的社交圈，接触她好奇的人，消遣而非消费地去恋爱。

我曾有个富婆女友，她是从猎取家庭外教开始的，英语老师，法语老师，德语老师，总之学一门语言搞定一个情人。之后，她更兴致勃勃地出门征战。每天的生活是那样的，起床陪孩子过过家庭生活，然后换上性感高贵的衣服，call三五好友，去时尚餐厅吃饭，去洋人最多的酒吧，像坏女孩那样玩，有时凌晨两点回家，有时彻夜不归。

很浪漫的一次，她决定和一个芬兰情人私奔，开着车到郊区就开不动了，然后把车搁下，坐飞机四处旅行，度蜜月般玩了一个月。情人是对她真有感情的，那种富足又豪放的恋爱让人上瘾，可是有一天，情人对她说，你不离婚对我不公平。结果，富婆真的去和丈夫谈离婚，可早就习惯了貌合神离的婚姻的丈夫只是很绅士地表面答应，却迟迟不办手续，说这对家庭不好。富贵家庭的好处是，我们可以各玩各的，只要你不出局。

你都知道朱玲铃花了多少年才离成婚，而这个富婆女友没这个毅力，痛哭几场后，又投入了下一场爱情。那晚她在厨房抽着烟，淡淡忧郁地说："我的新情人在香港，我飞过去待了一礼拜，什么都不做，就等他下班回来，我们做爱，看足球。"这时，保姆在准备点心，一对可爱的儿女在厅里尖叫着玩耍，丈夫尚未回家。

能安慰她什么呢？当别人起早贪黑谋生活，搞个婚外恋也担惊受怕时，她的落寞不过是，不能像灰姑娘那样穿上水晶鞋。

办公室狗血剧情

一个不太熟的男人问："你说跟同一家公司的同事乱搞，会不会很糟糕？我比较担心会影响事业。"基于我对他以前爱看日本A片，现在爱看更具想象空间的色情小说，但又胆子比较小的了解，我给出保守答案：辞职前搞一把应该没问题吧。他有些哀怨：我刚到这家公司没多久……言语间透着度日如年的落寞。

职场如战场，我们都知道，可要把职场再变成情场，三位一体的生活，并非有如神助。男人是比女人爱吃窝边草的动物，每当公司新来一位漂亮的女同事，私下打听公开献媚的男同事就如眼皮底下的蚂蚱。你会发现，她连续几天收到鲜花，本来不起眼的A男甚至举着花瓶去换水，穿梭于工位之间；憨言憨语的B男，竟会在她外出时主动开车接送；那个不苟言笑的男主管，也在她汇报完工作秀发轻甩的瞬间，眼睛眯眯了起来。但以上种种，不出一个月就有了结果。要么女主角终于和某个最有诚意的傻小子走到了一起，要么是传出了她和男上司的绯闻，要么是正牌男朋友到公司接她，围观人群一哄而散。

争夺新人篇，算是办公室恋情中最为光明的一幕。而当你在同家公司浸淫久了，在茶余饭后的八卦中，掌握错综复杂的"关系图"了，才又发现，没有点绯闻的是人缘太差。在早餐厅在电影院里撞见了暧昧同事，最好礼貌笑笑，闲着没事还可以对最具争议的办公室暧昧推波助澜，直到演变出狗血剧情。

我听说过最刺激的真人版，是某公司已婚高层与女下属的娱人惨剧。话说该上司三十有余，家有妻儿，但其丰满羽翼和地位感拦不住女人扑上去的想法。女下属呢，是个爱穿旗袍爱幻想，又敢作敢为的70后大龄文艺女青年。按说两人也不是非发生点什么不可，天有不测风云啊，一起出差的时候喝醉了。男上司本该爱惜羽毛，但主体不动，外挂飘飘的生活又值得冒险。于是一回生二回熟，直到秘密不再是纸包鸡，公司上下的交头接耳中爆出了女下属怀孕的消息。

怎么办？关键时刻，他采取了不慌不躲不闻不问完全当没事的策略。一群充满正义感又爱肥皂剧的同事，此时如工会决议般支持怀孕女同事抗议强权：把孩子生下来。于是八卦伴随她挺大肚子上班，每天只摆事实不讲道理，到十月怀胎呱呱落地，生的孩子眉目像极男上司，"哇，真的是他的！"

可人赃俱获，众目睽睽之下，男上司依然没给予半点承认，更别指望DNA验证了。这时，搞出"人命"办公室八卦团队，才有些唏嘘：早知如此……无法NG了，倒是倔强得可以一个人打车去生孩子的女下属，交完辞职信，换了个东家上班，然后写着满城风雨的单身妈妈日记。

上车上车震

今年娱乐圈车震事件层出不穷，震出动静，震出八卦，震出一组组只见人影不见动作的车床照。当我以为明星要引领有车族掀起户外性运动潮流了，却有当事人煞风景地跟公众道歉，还退出美少女组合为诚意，把刚震起来的浮标生生按下去。唉，你就不能辣妹一点、希尔顿一点吗？震了就震了嘛，多大的事。

要说车震，真不是什么新鲜事儿，老祖宗"停车坐爱枫林晚"的典故先不说，早在十几年前，在酒吧听文化人讲一个猛女的行为艺术，我们就叹服她的前卫之旅。话说该美女只身前往西部旅行，背着个大包，穿得很波希米亚，在路上招招手，搭个顺风车。上了车呢，也没有急于掏钞票，而是跟人谈笑风生，开到风景宜人处，玩个激动人心的车震，然后下车拜拜。再边走边唱地，搭下一辆车，再四处游走……到底震了多少辆车，我们也不清楚，只知道，她不花半分钱车费，又一路风流地完成了豪壮的旅行。

相比树多草乱蚊子咬的上山下山爱，置身户外又有私人空间感的上车下车震，还是比较现代文明的。虽然快餐了一点，却比荷尔蒙灌脑时，下车找酒店还碰上客满的强。当然，前提是要备好安全套，纸巾和矿泉水，还保证停车位上没有风吹草动的拍窗之扰。我最离谱的一次车震经历，是突发奇想，钻进了对方停在酒吧门口的车，那感觉像在万人草坪音乐节身处一顶小帐篷，外面都是眼睛，都是声音，你却做起放肆的事。结果呢，等调整好了座位，躺在了后座上，却发现对方身手并不自如，磕磕碰碰如练习乒乓。草草收场后，脑门上还冒了不知是惊是喜的汗。所以当听说一个熟于车震的朋友，完事后下车开瓶冲水，坦荡荡地望着车来车往，实在心理素质超强。

车震也讲究天时地利人和，有时风景独好车也靓，潜在震友却不解风情（或者担心曝光过度），只能开着天窗说情话，而搞不成动作片。记得前些年，北京的汽车电影院很风靡，进门的车排成长队，我和情人好不容易挤了进去，车也停在了僻静处，结果那晚看的是很不暧昧的徐克片。虽然车座调整得很舒服，他的手也搭放在我手上，剧情却迟迟没有进展，只好偷看几眼数米之外的隔壁车，黑乎乎地不见人影，猜他们是否震上了。心想这影院放的要是《本能》类情欲片，该有更多人要抓扶手撕车皮了吧？但那大屏幕啊，比10个探照灯还要亮。

有人问，车震其实心理刺激大于身体刺激吧？嗯，如果心理刺激过度也是个身体灾难啊。

有人又问，如果第一次约会，就想和女生车震，会不会显得不礼貌？我觉得要看看那天，女生是不是穿了条超短裙呢？

等待天使降临

　　他独居在近郊一所斜坡屋顶的loft里，是为透过天窗看月亮，但北京天空浑浊，他一年都见不到几次月亮。有一天，他看到了号称最大最圆的月亮，兴奋地写下美文《月老下凡》，诉说冷清楼宇间赏月的孤独。我笑：楼宇间的女性痕迹都被你抹去了，这个杀手不太冷。

　　他是一个年过三十、外表俊朗、气质忧郁的男人，进出他那所有点童话色彩又迷靡房子的女性，都不曾见过女主人的照片。只在浪漫一夜中，听他描述关于妻子失踪的故事：她美若天仙，从一张白纸就和他在一起，走过了七年，但在结婚后不久她就消失了，不知道她还会不会回来。

　　"她做了不可原谅的事，她自己都无法面对。"这是他的结论，同时他又问："如果她回来，我是否会当什么都没发生过那样把日子过下去？"在婚姻的三年空窗期里，他就是凭着这个美丽的影子，与两位数的女性上演一次次无疾而终的放纵。

　　有时力不从心了，也会说：我很久没有遇上真爱的人了，最爱的那个人走了。而有时又像一口黑洞那样，吞噬并炫耀过客般的女人对他的爱：让我感动的是，有天早上起来，打开电脑，发现她在屏幕上设了一行字"记住此刻我正用力爱着你"。

他自恋的躯壳时不时冒出爱的烟雾，一如他嗜好的香烟。他并不情愿停下来，深呼吸一口，了断往事，那个属于他和女主人的漂亮loft不封存，不变卖，而成为暧昧不清的温床。虽然独自一人时，任一次次更换床单也洗不去各种记忆的房间，成为他想安静也无法的所在，他却幻想着一个拯救他的天使出现。

"你知道吗？我喜欢那种容貌经过上天修饰的女孩子，有一丝骄傲，不要太多，一点点就好。"他假设当这样的女孩出现，并爱上他，他就能结束现状，开始新生。寂寞时，他便在交友网上，物色下凡的"天使"，加以分享和点评。"这对天使多么不公平啊，你还婚姻在身"。他说：不会的，只要她爱上我，她就可以等我慢慢处理好我的问题。事实上，不过是叶公好龙。天使们来了又去，仿佛被脱去了画皮便沦为凡人，而他开始描绘下一张画皮。

曾听说一种流行现象，女孩子在陌生空间里结识心仪男子，在甜蜜的热恋后，忽然被他告知：对不起，其实我是一名特工。或者，前任怀孕了，我不得不回去。那么妻子失踪的版本是否异曲同工？

但这样的陷阱很迷人，每个靠近的女性都以为自己有种拯救他于绝望的伟大力量。当然，也有相互"陷害"的事情出现，比如那位设置了爱情宣言屏保的女孩，后来得知原来她早嫁为人妇。"我怎么料到如此，她看起来像十八岁。"

一场欢喜一场玩味。感慨后，又踏上征途，仿佛奔月之旅，真爱嘛，就是月蚀。

循规蹈矩的男人

"一直到现在我不知道自己是否有能力那样恋爱。" "哪样恋爱？" "就是终身的恋爱。"说出这话的家伙，像拿着最佳才艺的奖杯站在台上发表获奖感言，终身成就奖自然是遥不可期的，只是也不影响在熟悉的领域创作几个拿手作品。

他算是一个ABC吧，童年期在中国度过，青春期成长在美国，到了快而立之年，又回到故土，混在北京，以国际身份玩着艺术和饮食。他那张不算很帅的脸，写着梦想。如果扎起辫子涂鸦般出现在音乐节上，有几分印第安人的狂野；如果戴上黑边眼镜，斯文穿着，又很符合他的三里屯餐吧老板身份。但变来变去，最笃定的却是他在男女关系中的规矩。在美国时，管这叫friends with benefits，在中国，大概叫"可以做爱的朋友"。

每当一个女性朋友和他上床时，他会声明几点：1.要是在外面碰见了以朋友的行为打交道，我们的关系不是其他人的事；2.要是你／我有了爱人，提前通知，还是朋友就不用再提了；3.要是跟别人做爱了要互相通知以免万一传染性病；4.最后呢，不能过夜。以上四点，既是他的规矩，也算免责声明。

我问他，这样没有半点感情的规矩对女孩不是一种痛苦吗？她可能因为爱你而委曲求全，你也不过是掩耳盗铃。他说，女人容易把做爱之后的感情当作爱情，只是如果感情开始发生是和你原本没有想要发生的人在一起，就会到伤害的地步。所以当一个非正式女友想要发展进一步关系时，只能不停提醒她遵守规矩。

他曾有一个要好的女性朋友，认识两年才上床，上床后他说你不能做我的女朋友，她说：我不过是想和你做爱。于是，他们成为做爱的朋友，后来一天，她问能否再带个她的女朋友过来，他问是要去吃饭吗？看演出吗？她说，是做爱。于是介绍认识，再在不同时间分别来和他做爱。不久后，这个女孩生病去世了，她的女朋友依然和他继续，直至无疾而终。悲伤的变故，似乎对他的内心没有影响，作为"循规蹈距"者，他已经把规矩看作了高于一切感情，或者说，宁可让女人绝望。

我想起一句话："只有心软的小黄瓜，能把宵禁演绎为爱情。"可惜越来越多男人，连小黄瓜都不愿意当，只当心硬的按摩棒。所以当一个男人和你声明规矩，比如说，我们的约会最好在下午，不要过夜；比如说，我们最好在酒店见面，不要在家里；比如说，如果我们结婚，最好分房睡，相互不打扰。你最好不要再抱什么爱的幻想。这样的男人，是不可能终身恋爱的，但他们有个出路，就是像拉丁歌手瑞奇·马丁那样，人工授精，找人代孕，生个双胞胎，做单亲爸爸。因为那是最节省和女人麻烦的人生。

好人卡

他有个名言，被奉为剩女必杀句："如果你的青春给了别人，请把你的人老珠黄交给我。"他有段悲情婚史，爱上一个离异女子，为她的幸福全心付出，自己还不会开车，便买了辆车给她开，婚后一月，她开着车跟了别人。待到人去车归，他成了二手单身男。

人人都说他是老实人，姑娘们动不动就给他发好人卡，结果因为太多姑娘想嫁他，他成了一个混蛋。"你知道我喜欢高个白净男，我怎么会看上你？""我也奇怪啊。"好人说。"那是我想和你认识，和你好好处搞对象。结果你呢？一夜情就拉倒了！我哪点配不上你啊？""不是你配不上，是我心里有人。"他依然老实不会撒谎。"你心里有人干嘛招惹我啊？当我傻×啊，我走不出去时我都不谈恋爱！"姑娘愤愤，他郁闷。

他也很无辜，其实他只是个闷骚男子，但处理不好求欢与求爱、求爱与求婚的逻辑。当他和姑娘交往的时候，往往姿态低得像个垃圾桶，任嘲笑任蹂躏，能装下一切坏脾气，而且怜香惜玉。比如你一个电话可以把他从东边支使到西边，你碰到什么阿猫阿狗的小麻烦叫他帮他就帮，哪怕你不是貌若天仙还有着支离破碎的过去，他都能给你体贴照顾。唉，他只是脸皮儿薄又长得憨厚，不能像混蛋那样说出"我们干一炮吧"。所以他常让姑娘感动得以身相许，那种相许还带点委屈：不是因为喜欢你，是因为感觉你爱我。末了才发现，唉，不是那回事。他既没有爱上，也没想求婚，他只是一个愿意比别的男人吃多点亏的老实人，他的老实是他的招牌秘籍。

女人是一种喜欢小甜点的动物，如果你给了她一个甜点，她便想着你接下来会准备一份大餐。可是她们不知道有种男人只是专做甜品的厨师，他的手艺再好，也够前餐而已。但坊间往往流传他的故事，说他曾经做出怎样的大餐，说他如何被负心的女主人抛弃。于是有女人前赴后继，要把"人老珠黄"交给他。可你真的相信，一个说自己热爱残羹剩饭的男人，真的心里没有半点要求吗？如果你收回好人卡，他会告诉你，他爱那些光鲜亮丽的9头身美女，他更爱开着他的车找到开着更好的车的男人的虚荣女子。

一觉醒来，你又发现很多男人拿着好人卡，已婚男人说自己的车和房全记在老婆名下，单身男人也表现得万事俱备等待招安，他们的pose看起来那么迷人，让你心生幻想。可是，好男人歌照唱，舞照跳，妞照泡。绅士风度他也会，帅气多金他也行，甚至老实巴交他也拿手，做一个好人，不过是像女人照着时尚杂志穿衣打扮那么简单。而你爱上一个"好人"的风险，大概等于在夜店邂逅的浓妆女子天亮变成另一个人。

Part 6

>>> 有时感觉很糟 >

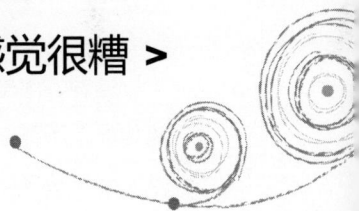

AV知己

有天深夜，法国某电视台隔着时差打来越洋电话，问如果拍一部给女性看的性题材影片在中国可否成功。我说，中国没有电影分级制度，性题材首先在电影局审查就通不过，其次中国是个男性主导的社会，女性视角的性影片要得到主流的认可恐怕很难。

是的，印象中前些年最为风靡的《欲望城市》是通过DVD渠道流传的，而香港女权导演黄真真的《女人那话儿》也不过在小众圈里叫好，从没在电影院里公映过。至于女同性恋电影，只在一些民间社团组织的看片会上露过脸，连名字都没人记住。

中国人，尤其中国男人对女性意识的兴趣远小于对女性身体的兴趣。从知名AV女优饭岛爱猝死之后，冒出大量男性声情并茂的悼文，可见他们的青春期与这些贡献卓越的AV界老师密不可分。有人发自内心地说：AV女优是为男人量身订做的。言下之意，中国男人都有个堪比初恋的AV知己，教他们学会做爱，陪伴他们度过无数空虚的夜晚，甚至在结婚之后，仍会背着妻子看A片打飞机。

相比而言，中国女性的知己寥寥，想不起有哪个可念念不忘的AV男优。偶尔看A片，还容易心理不平衡，见到的都是倒胃口猥琐男，而女主角都比自己性感尤物。不仅如此，还会被深受A片影响的男友像训练小动物那样，要求模仿AV女优的动作、表情，甚至要穿上丝袜，穿上制服来满足他们的特殊感官刺激。男人的AV知己就像女人的天敌，比小三还可恶。

所以女人眼中的AV文化多数是侵略女性同时培养男性自信的文化，而习惯性主导地位的男人，不但被洗脑，还情不自禁。我碰到过一个男人，从前戏开始，他的一举一动充满表演性，然后一把脱下我的内裤蒙住我的眼，我心想，这一定是A片里出现过的镜头，接下来他的流程化操作更证明了这一点。后来他问感觉如何，我说，你是A片看多了吧？他毫不否认，AV研究是他的业余爱好，一闲下来就学习新桥段。

倒不是我古板到对性游戏排斥，只是男人们模仿痕迹太重，缺乏原创感和不因人制宜的表现，往往让人扫兴。每次官方说色情文化毒害青少年时，我就觉得有几分道理。所以每碰到经验尚浅，但手法熟悉的男孩子，我会一针见血地指出源头，就差盘问他粉哪个AV女优了。更搞笑的是有个男人，失恋后禁欲两年，每次都看同一部A片，快进到同一个片段就开始自慰，而且每次必到高潮。那天我体贴地给他递手纸时，想他是否会买张机票到日本看看那位AV知己，表达衷心感谢呢。

而女人们，很多年来，幻想的不过是金城武和日韩新偶像，他们从来没拍过A片呢，怎么办？一部女性立场的给女性量身订做的性影片，挑战很大。

谢绝推销

正当我含情脉脉看着他清纯的眼睛时，他说："你经常上网，应该配一副防辐射的眼镜。"我本能地摇头："不用。"是的，我能猜到如果我表示出兴趣，他接着会说，他店里新到一批适合上网人士的眼镜，有什么型款，价格优惠还能打折，不妨试试。

在门上贴一张"谢绝推销"的字条已成过去式，但流行的感情公关让你谈情说爱时，防不胜防变成对方客户。比如我高中暗恋的男生，多年后重逢，惊喜于他魅力依存，举手投足，无不优雅。然后我们叙旧，我脑海里泛起当年偷偷把情书夹在他的课本里的羞涩细节，他却告诉我，安利产品让生活更幸福。呃，那个曾经雄心壮志要当优秀外交官的他，激情地现身说法，上起一堂安利改变人生的课。"你当年有没有喜欢过我？"这样的问题，到我嘴边又像一颗维生素片吞咽下去。

经验告诉我们，那些让你如沐春风的人，一旦露出欢迎惠顾的门牙，你以为的爱情十有八九就打了水漂。以前看周润发向后现代姨妈斯琴高娃"推销"墓地，我就心有戚戚，看到冯小刚电影里又把墓地卖了一遍，阴暗心理更强烈了。不过我碰到的感情投资型推销员，在卿卿我我时分，推荐的是比墓地更大桩的活生生的房子。

那个身高一米八八的男生，从第一天见到我，就宣称喜欢上了我，风尘仆仆往我家跑。还带着精美礼物，这次说里面是个镶了十八颗钻石的名贵手表，下次说里面是一条价值上千的珍珠链坠。我不收他还不高兴，我心想那就先原封不动，分手再退还给他。

然后有一天，机会来了，他体贴地对我说："小木，你的户口还在外地吧？我有个哥们可以帮忙办北京户口。""谢谢，我现在还没这个需要。"他拿出更大的真诚："其实办户口是为了买经济适用房，只要三十万，就能买到望京的三室一厅。我的房子已经拿下了，正在装修，哪天开车带你去看看。""你不是没车吗？""我马上就要买车了，以后接你很方便，你看北京现在房子那么贵，三十万多划算啊，不过是要一次性付。"听起来实在很诱惑，我却无动于衷，因为这颗大白菜太可疑。

推销失败后，没几天，这人就消失了。我拆开礼物一看，那手表是完全没听过的牌子还土得掉渣的一块，珍珠链坠就是一粒普通珠子而已。几个月后，我在中关村修笔记本时，想起他说自己是电脑工程师，就发个短信问他专业问题。他迅速回复，说他手头有某个牌子的笔记本，可以远低于市场价，五千块钱就卖给我。

真是敬业哦！我调侃："以前你不是说送个笔记本给我吗？"他说："对不起，我最近不景气，被人骗了一大笔钱。"莫非，他也是受害者？此后，这人再也没有嘘寒问暖，连同他传说中的房子和车子，杳无音讯。

最怕回床客

"欢迎下次光临！""吃得好下次带朋友来啊，我给你们打8折。"去新店尝菜，经常受到热情招待，笑吟吟的老板娘端上水果，送上免费小菜，希望回头客越多越好，生意靠口碑嘛。但是，一夜情却相反，恨不得一拍两散，你不认识我，我不认识你。哪个不识趣的人，偏要当回床客，只会徒增尴尬。

不懂游戏规则的人，却是一把一把。也许男人心里食色相通，把上床看作吃饭，尤其受了恩惠，尝到了甜头，真以为从此大门为你开，呼朋唤友来。所以，最气人的是一夜情后，他以为你这次可以，下次也可以，抱着一回生二回熟的想法，频频相约，还口口相传。

曾有一个男白领，长得还算帅，肤白皮嫩。行动也很大方，是那种正在加着班，一个电话都可以放下手头工作，上门翻云弄雨，完事再回公司干活的人。可是，干脆过后，却十天半个月地发一条短信来：我想你了。仿佛我家有他遗落下的皮带或是钱包，老惦记着回来取。然后你委婉拒绝了，他就勾勾搭搭地诱惑，"我今天状态很好啊"，或者"你上次好棒啊。"结果有天，他直接跑了过来，这还不要紧，开门一看，天啊，还带个黑黑胖胖的男同伴。我坐在沙发上，又好气又好笑，问他这算怎么回事。白领说：这是我朋友，他当医生的，是个正经人，听说你很开放，也想一起玩玩。然后，黑胖也很淡定地坐着，那表情好像在说：可以开始了吗？

真以为我是开私房菜馆的，吃得好带朋友来？我在想，他到底和人怎么介绍了，说此店服务周到，全程免费，有兴趣带你去尝尝？可是，我什么时候给你发过福利卡啊？你这么自觉地有福共享。于是，我一脸严肃地对这两个受过高等教育的男人解释，原则是怎么回事。白领有些拉不下脸，竟开始说情：我哥们也长得不差啊，他会做得很好的。哈哈，我说：有你这样强买强卖的吗？何况我们不是做生意。就是他貌似天仙，那也得是我来点菜。黑胖这才自觉无趣，拿出最后的风度自行离去，眼神里却有些许被哥们坑了的幽怨。

男女的思维逻辑恐怕真是不同，你以为没有物质交换的你情我愿是性的纯粹，他想的却是不花钱的女人是风水宝地。你和他讲自由也是一种独立，他理解的却是没有底线什么都可以。所以，你在中国跟人讲女权，多半是被当笑话听，他眼里，只分可以玩的，和不可以玩的，要买单的，和不需要买单的。

这还不是最脑残的，有的人回床客当不成了，还非要你给他当皮条客："你不出来啊？那你给我介绍一个女孩子啊，你有什么女朋友比较爱玩的，让我认识一下啦。"碰到这样的人，最好的回答是：×××，你妈妈叫你回家吃饭。

一切尽在不言中

男人经常有种误解，以为在女孩子面前展示自己出众的唾液腺和放大的幽默感，能得到青睐。就像他们有时很蠢地邀请你观看长达两小时的足球比赛，以为能展示自己丰沛的体力，柔韧的腰力，让你觉得他们在床上的表现一定很好。

实话告诉你，女人被迫看着你像傻子一样在球场上跑来跑去时，只想着球赛什么时候结束，可以开始吃大餐。而如果不幸你在饭桌上像疯子一样高谈阔论着与美味和爱情毫无关系的政治，她只想插一句：闭嘴，吃饭！

男人很怕女人唠叨，就像小S抱怨自己兴高采烈地和老公说话，他却眼睛始终不离从早到晚连播了三回的电视新闻说：宝贝，看这个，看这个。而其实，男人感兴趣的时政、体育和高智商理论，本质上和女人谈衣服和化妆品以及隔壁家阿婶的情人，没有区别。所以当你在一个女人面前自作聪明地balabala，很可能泡妞失败，还被她当作"长舌男"。

如果不知如何跟女人聊天，很简单，轻轻抱起自己的双臂，或如一尊有思想的大卫雕像，倾听她说话，闻着她身上的香水味，适时地在某个问句后面给个恰当的回应。倘若你怕说错话，或暴露自己的人格缺陷，装酷更是不变应万变。

举个例子来说，就是搞笑美剧《生活大爆炸》里有"恐女症"的印度男孩。女人一和他说话，他就哑巴，就连问他叫什么名字，张口半天没吐出个音节，呆头鹅般转身走开。可这么一个笨拙害羞的家伙，竟在party上被辣妹盯上，直到被她搞上床激烈运动完，都没来得及说一句话，辣妹却大为赞叹："你太棒了，那么温柔，那么激情，而且上帝啊，你真是一个棒极了的倾听者。"这时，他笑成了月牙儿。

这不是什么无中生有的奇迹，只是习惯了把握话语权的男人，往往要求女人温顺少语，而忽略了女人的主动性和控制欲。所以一个男人内向地在女人面前时，反而激发她的好奇和自信，觉得你是可诱惑和摆弄的小动物。比如我约会一个腼腆的男孩，从点餐到聊天主题，他都完全配合着，"你的牙好白啊！"他就脸红一下，给他说话机会时，他则谦逊地说出点固执己见，以至乖乖上床爆发男人原始性时，给人"哦，他也会做爱"的惊喜。

我经历过最为沉默的一次约会，从见面到分别，双方只说了不到十句话，但回想起来，他默默地吃饭，默默地上了车并坐在离我一米外的座位，默默地在风中任我挽着他的手走并在过马路时抱一下我的肩膀，都像留白的文艺电影画面。而因为我们对话太少，做爱时竟像激烈的肢体交谈，倾诉、争吵、融和、默契、感伤。没有自我介绍，却像已了解。你不是奥巴马，也不是种马，你是最特别的无声胜有声。

经济危机时的男欢女爱

小男孩的电话打进来时，我眼前的大盘指数正呈瀑布状飞泻直下，脸也不由绿了。而他在那一头诉说着自己的苦闷：我压力很大，很难受，公司降薪了，工资也没发，08年我在伦敦深造，还想着镀金回来要大展宏图，可是现在……你告诉我，经济危机什么时候能过去，我这辈子是不是完了？

我没有心情安慰，只说你不是最糟糕的，很多人都很糟糕。他抱怨完了，开始握着电话唱歌给我听，本来这是浪漫的事，我却没有耐心听下去，冷漠地打断："我要出门买菜去。"唉，是啊是啊，如果彼此之间的调情活动变成比惨，我们不如开个诉苦大会抱头痛哭好了。

从09年开始，宅男宅女像瘟疫一样蔓延和扩大。有天我和三个男生聊天，竟然三个都是失业了，他们如同坐在窗前等待暴风雪结束的孩子。闲置的时间很多，可内心却窘迫着，就是出门找对象，也害怕颗粒无收。一个男生说："每次相亲请女孩子吃饭，钱也花了，还是没结果。"

经济危机严重到什么程度，话说我昨天吃饭听见隔壁桌一对情侣的对话。女说：你什么时候加薪到两万块啊？你赞助我五千块钱吧。男人说：你急钱用可以申请信用卡临时提高额度啊，你上次不说你有两万块吗？女人说：哪有啊，我说的是两千块。男人说：你知道一个工人每天搬一千块砖，一月才赚多少钱吗？女说：唉，我妈昨天买了两套美体内衣就花了我一千三百块钱。我正想，这男的也够小气的，拿搬砖工人说事，结果买单时，就六十四块，开的还是CCTV发票，他又来一句：你瞧，搬一千块砖的钱就没了。

而我亲遇的一事就更说明问题了。A先生失业，囊中羞涩，但某天又很寂寞，长途跋涉来约会。他说他口袋里只有一百六十块，我说附近最经济的快捷酒店是一百二十八块钱一晚的。于是我们进去了那个狭小的房间，第一次，他表现不好，我说没关系，第二次，他表现还是不好，我说不如到此结束了。他非常不甘心，可是长夜漫漫，怎么办？我善解人意地说：可以去前台退房啊，按钟点房算，你还能退回四十八块。他一听，欣然接受。走出酒店时，脚步也轻快了。

经济危机时期，男欢女爱变得捉襟见肘，谈情说爱也讨价还价，谁没事还堆个九百九十九朵玫瑰砸爱人呢。有人在股市大好时，老婆天天不知道他今晚睡在哪，他花天酒地回来只想离婚，现在经济萧条，拜金少女们扎不到他的钱，一轰而散，他总算老实待家里吃老婆做的饭了。这对和谐建设，倒是有几分好处，患难与共嘛。

所以，当那些被股市套牢的男人说，等我解套了，我们就谈恋爱。我一概说，好好好。

公款恋爱

网上有好事者写贴子计算"宋思明到底花了多少钱让海藻脱下了她的衣服？"：手机一部，五千块（朋友送的）；现金，八万块（借的）；房子一套，一百五十万（借的）；梦游娃娃一个：九百八十块。算下来，宋思明一共花费为一百五十八万五千一百元，实际花费却仅仅九百八十元，因为只有那个长得像海藻的梦游娃娃是货真价实从自己腰包里掏钱买的。

权力和金钱的春药功能在这堆数字里体现得淋漓尽致，宋思明最后不但得到海藻的身体，还得到她的真心，他也沉醉在自己精心编织的爱情里，不惜铤而走险。而如果他没有运用权力信手拈来的财物，他的九百八十元能换来什么？如果他按官员财产上报的数字和"杯水车薪"来追求一个貌美女孩，恐怕还不及一个高级白领浪漫。但是你看到了，公款和赃款的魅力如此之大，其附加值甚至让多少虚荣的女孩艳羡这份"勇于付出"的爱情。

这部写实的剧作不只是剧作，在生活中其实活生生上演着不少公款恋爱。比如听到一个八卦，一女孩受到一位干部频频邀请，他文雅体贴，安排一次次体面的私人约会，出入高档餐厅，欣赏高雅演出，也会看看电影散步送她回家。当她有兴趣去郊外度假，他还会周到地预订豪华的别墅套间，邀上三五好友同乐，随时准备大方买单。她并非海藻那样的穷女孩，工作收入比这位干部的工资还高，更不用身体去交换什么，也避嫌地不接受财物馈赠。对这连上床都没发生的约会，只是很享受被邀请，被追求的感觉。也许这个有意图却还浪漫中年男人，和宋思明一样，有着迷人之处，"当你对他有感情时，是不会分他在花公款还是私款买单的。"换句话说，如果可能，换掉他的身份就更坦然了。

但是在女人心里，这样的恋爱不免有瑕疵。我们会不禁假设，他是真爱吗？如果他用的不是公款和权力，他舍得用私房钱谈一场奢华的恋爱吗？或者如果他是一个商人，会更精明地计算金钱付出和收获，而不会如此从容地大方着。朋友开玩笑说：说不定他是为完成公款消费的额度，在公务应酬之余，顺便进行私人感情消费。比起赤裸的肉体交易和包养，用公款享受一下恋爱快感更像有品味的追求吧？

中国之大，无奇不有。公款恋爱这个名词恐怕也是中国特色。以前我为海藻辩护时说，她作为一个被压榨的纳税人，享受官员用纳税人的钱为她提供的福利，倒也是利用了资源的重新分配。所以那位女孩纠结于干部的追求，打算到此为止时，有人摆出"同流合污"的自嘲："没事，以后我们谈恋爱约会的发票，都交他给报销。"

教唆殉情

曾有一个小朋友深受情困，与我倾诉。我爱充情感医生和知心大姐，有呼必应，以为安慰是杯温暖的水。没想对方逆向思维，一天夜里发来消息说："我好想死！"我吓得六神无主，给她爱得死去活来又要分手的男朋友打电话，说要出事了，赶紧关心下。结果还好，虚惊一场，小朋友只是情绪宣泄，没动真格，我也没惹上"不作为故意杀人罪"。

这个罪名是我在最近的深航空姐自杀被曝潜规则的新闻事件中学习到的，也发觉不能参与他人的情感纠纷，更不能煽情生死，如收到任何朋友的自杀信号，无论真伪，定要第一时间"抢救"。这个新闻事件的男主角，潜规则了也罢，欺骗感情了也罢，竟导演一出"教唆殉情"的人间悲剧。以中年男人的虚伪和残忍，把一个如花似玉大好前程的姑娘送到天堂里去。他玩过火了吧？他心理阴暗吧？在最后的几小时，是否优哉游哉叹着一杯咖啡，嘴角微翘地等待对方死讯，而沉醉在莫大的爱情成就感中。

虽然有所谓成功男人匹配的对象是小他十七岁的女性的说法，

在世俗社会也不乏权力地位与年轻美貌交易双赢的案例，但每当有年近不惑的朋友找差不多可以当他女儿的小女孩做情人，我就不由地担心阅历和感情的不对等，是否给她们造成伤害。因为她们即使是成年人，与你的年龄差异也足以构成"未成年"，而如果你对爱情中的"未成年人"无法负起一切责任，请不要接近她们。

空姐自杀事件中的男主角的原配，颇有《蜗居》中宋思明夫人的风范，劝说起来苦口婆心，比如曝光的短信内容："他说他爱你，同样的话他对我以外的很多女人说过，我想你也明白，这是男人惯用的伎俩……谁都有年轻漂亮的时候，谁都想利用这些来达到某些目的。你的一些期望想寄托在陈身上，姐姐告诉你，实现的可能性渺茫。"这也是"真正成年"女性的不可爱之处，教唆她们殉情是没可能的，只有很傻很天真的小女生会是游戏杀手的目标。

带她游园，教她学车，教她学会很多东西，谁想到"教父"还会教她去自杀。在教唆犯罪中，却偏偏没有教唆殉情这样一项罪。可你竟全盘接受了。本来只是营造了遮天大树假象而又败退企图脱身的自私男人的煽情伎俩，你竟会相信真的相约上天堂。

至于潜规则的真相，再搭上父亲一条老命也说不清，因为那些模糊的旁证不足以说明胁迫，摆上台面的短信证据，反而像极了为情自杀。在这过程中，空姐的家人和分手男友该作为的都作为了，可再多的作为也抵不过一个感情教唆犯的诱惑。

爱比死更冷，如果可以，宁可教会她们不去爱，而请不要教她们去死。

纠结的房事

　　热辣的鱼水之欢后，两人还光溜着身子，男人饶有兴趣地问："你住在哪里？"我谦卑地说出并不繁华的地段。男人像个房产评估师似地，飞快地报出那里的房价及其两年来的起落，然后问："你是自己买的房子？买房子的钱从哪里来的？贷款还是一次付清了？"问得我鸡皮乍起，但勉强作答后，看见他嘴角漾起一丝得意的笑："我的房子比你贵好几倍！"

　　中国真的房事逼人了吗？前些年如果两个人玩一夜情，男人最喜欢问你有过几个男朋友，或者你和多少个男人上过床。而今，兴趣点却转移到在房事前后谈"房事"，行情直逼相亲挖底，而女人的每个回答都像在交代自己的身价与清白。然后对方继续联想：哦，你做什么的，工作收入还不错吧？你没靠男人养，也没被包养？你这么独立，是不是不打算嫁人了？有了房子就不想靠男人了吧？你应该买个大点的房子，我有别墅宝马的，比你优越多了！很多时候，我诧异：这些和你有半毛钱关系吗？怪不得我妈都心有戚戚："女孩子买房不好跟人说，说了别人不知怎么想。"

可是，我猛然发现，全中国上下都在盯着房事。一个二十五岁的待嫁上海MM像招亲比武地列出追求她的男性房产状况：一号男月收入一万元以上，有一套一百平方的房在长宁，开的是现代伊兰特；二号男在人民广场有套八十平方的房，月收入五千以上；三号男家里房产很多，一个月房租也有一万多块可以收，据说房子拆迁还可以拿一千万块；四号男月收入五千以上，家里有三套一百平方的房，开的是花冠……问，我该嫁给哪一个？看到这样的清单罗列，旁观男竟也不再抨击女人太势利，而是暗中自问：是不是没有房子就不能孔雀开屏了？

梦想照进现实，现实照进房事，也就几年间突飞猛进的发展，但俨然成了幸福指标。女孩子已经被教育得不再琼瑶了："爱我又怎样，他只有个小房子，难道要让我在一居室里生孩子？"没有市中心三居大房免谈。"他不肯在房产证上写上我的名字，还要我一起还贷，这样的男人能嫁吗？"众人说，踹之。要是经常上论坛看看，还会发现关于青春和房事的性价比：如果女人陪男人供了二十年的房子，却沦为被抛弃的黄脸婆，还不如趁年轻嫁个车房现成，无需还贷的。

但相映成趣的是，我身边又比比皆是自立有房的大龄单女，扮演着青春交易失败的产物，有时还被挖苦：什么都搞不成，只好搞女权了。不幸遇上爱问房事的一夜情，还怕对方泛起一丝质疑的眼光："你的房子是睡出来的吗？"所以一面同情着被"女人无房不嫁"的房事论调所困的男人，一面学着小鸟依人的样子：我也喜欢有钱男人啊，我也想结婚的啊，啊，你有大房子，真羡慕啊！

十全九美

不知谁的神经冲动，嚷着要组织home party，单身和伪单身的大龄男女们，模仿着家庭生活的激情，做了满满一桌子菜。。吃完，又点了一桌子蜡烛，摆了一桌子啤酒洋酒和爆米花，开始无主题的谈心。一谈竟然谈到了后半夜，本来就男多女少比例不协调，偏偏男性又比较话痨，把女人聊到昏昏欲睡后，他们擅自开起批判女朋友大会了。

我把头枕靠在男人的腿上，眯眼听着万花筒般的故事，偶尔有些唾沫星子砸在脸上。慢慢地，我就听出了门道，他们的句式无一例外，先列举N个女性优点，然后来个最重点的"但是"，转折得非常怨男，又不乏趣味。

最搞笑的一个"但是"是这样的："我朋友认识了一个女孩子，各方面都很好，人也漂亮，性格也温和。但是，有一天他们上床了，我朋友却ED了。为啥？当时开着灯，把她衣服一脱，居然看见她长了黑簇簇的胸毛！你说，她为什么不早点去美容院把毛剃了？！她怎么就不知道遮掩一下呢？"讲述者愤愤的口吻，仿佛亲遇了一件伤天害理的事，我说，还好啦，要是她早早把毛剃了，结婚后他才发现原来是个胸毛新娘，那不气得出家？

相比百年一遇的奇女，他们对家常女性的抱怨，又集中落在了"做饭"问题。入不入得厨房竟让男人如此纠结。听听这个典型故事："我和前女友相处了一年多，她各方面都很好，人也漂亮。但是，有一天我让她做了顿饭，她就翻脸了，上纲上线地说我要把她改造成家庭主妇。她其实不是不会做饭，可就是不愿意做，那顿饭出来，她就一直绷着脸。我最后忍不住把碗撂了，对她也心淡了。"另一个男中年马上附议："我每一任女朋友，我都让她们来我家做过饭，没有一个过关的，饭做得不好，怎么能当老婆呢？"

但是，你别以为各方面看起来很好，没胸毛还会做饭的女朋友，男人就挑不出毛病。进了厨房，出了厅堂，终归还是要上床的吧？"但是，她在你面前，就像一个圣女，一点欲望都没有，结了婚也会是一年一次的那种吧？""她在床上非常好，让你很舒服，但是，下了床你对她一点兴趣都没有，结婚总不能只是为了做爱吧？""我很爱她，我们也相处得很好，但是，在床上怎么都不默契，性生活和谐还是很重要的吧？"

听着听着，我就觉得这些剩男活该了。人生哪来十全十美，十全九美已属不易。最后，他们讲了一个阅女无数而结了婚的男人，老婆是什么样的呢？"是个空姐，很漂亮，也很会做饭，性格也很温柔。但是，反应比较迟钝，迟钝好啊，他成天出去泡妞都很放心。"难得有个缺点可当优点使用的范本了，但是，在座的女生，您愿意朝此方向努力吗？

当性的信号中断

一个女孩说，验证男人的爱的标准有两条：.愿意把钱都交给你，并可让你自由支配；以及，愿意经常和你做爱。听见这句话，我就知道她过不了七年之痒，因为事情总会像你担心的那样发生。

他/她为什么不愿意和我做爱了？是同居已久的伴侣，尤其女人会问到的问题。其实男人的理由有时很乌龙，比如说：最近股票套了，心情不好！今天巴西队输了，为什么啊？我想打多一会儿游戏，要通关了……而女人往往很严肃对待"他不想和我做爱"这件事，她会搜查他有否出轨，她会更积极地做美容，换发型，买性感小内衣，要对抗"审美疲劳"嘛，接着又想他是不是身体原因呢，开始炖人参鹿茸牛鞭汤……但很快发现，一切雪上加霜：他不单不和我做爱，还迷上了看A片打飞机，边打还冲我笑。

我想很多伴侣都没有理性地讨论过"我们的性生活"，从恋爱开始就是由荷尔蒙控制，激情四射，听任本能。做爱对他们来说，是纯天然的，是感性的，不是数学题，也不是哲学题。所以忽然有一天，他们之间的"信号"中断了，陷入无法沟通的山谷。

这是个悲伤的事实，我们一直在做任性的孩子，现在却不得不像大人一样成熟："我们出现了危机，也许要好好谈一谈了。"于是你知道了那个隐藏的世界。他有时觉得做爱太麻烦，但如果把十五分钟前戏压缩到三分钟，你会不满意。而一直坚持十五分钟前戏的话，他又觉得是在感恩，不是在做爱，男人归根结底是喜欢"享受"的。她觉得你不再取悦她了，令她很难从心理上产生冲动，在积累一些性经验后，她知道了性质量好坏的差别，她希望你不是敷衍，而是比以前表现更好。他其实也想你多学习性技巧，能向AV女优看齐最好，他希望你可以接受开放的行为。她也不是非保守不可的，如果可以，她甚至愿意有个情人来调剂性生活，重燃性趣，可前提是她不会因此失去你的爱，也不会背上道德包袱，你能保证吗？

好了，我们理出头绪了。我们的性生活是一棵会成长的树，最初只是浇浇水就满足的小树苗，性行为和谐就可以了；后来我们有了很多分枝，难以在性心理，性习惯，性观念做到同步，我们的性比以前更丰富，但是更难和谐了。让一棵参天大树干柴烈火地燃烧起来，当然是困难的。我们能做的，不过是在每个分枝的生长上，保持默契，让态势更繁茂些，让枯枝落叶少些。

至于你问那些蓝色小药丸和印度神油有用否，我以为都是治标不治本。性由心生，乃有根之木。有些百年大树还在生长，有些五十年的夫妻还在做爱，他们肯定身心同修。

AA男女

圣诞节前，K为自己买了件昂贵的皮衣，跟女朋友分手后，他对自己越来越好了。可长得帅气的单身男人很容易成为女人的猎物，他说："啊，最近很桃花啊，一个我追过而没得手的女人忽然约我明天去逛街。"那不是正中下怀吗？"不，这里有阴谋，她为什么挑在这个时候找我？我可不想当冤大头。"

K的经济理性立刻超过了盲目乐观。凭他的判断，这个女人是要利用他的感情，让他当一天的提款机。如果你陪她逛街买了大堆礼物给她，她开心地跟你上床了呢？"我从不要花钱的性，哪怕是间接地花钱。"当一个男人假定了女人的动机不纯，最计较的便是利益得失。如果你陪她逛街，但什么也不送，甚至吃饭也AA呢？"那又显得太没风度，还不如装病，要是她有心，就会来看我。"于是第二天早上，K对她说，他感冒了，不能出门。结果她没表示慰问，K也庆幸自己没当冤大头。

也许很多女孩子会心寒，现在男人怎么变得如此斤斤计较，难道他们眼中就没有爱吗？哦，她们习惯了爱就要为对方付出，包括付出money，甚至用钱衡量男人的诚意。当然也有男人喜欢占便宜的，与女人约会就装穷，钱包里只装够坐车的钱，更有男人扮作牛郎状，在酒吧等着女人请他喝酒，还和酒保打赌输赢。

AA男女的观点是，放弃买单权是对自己的不尊重。钱是钱，感情是感情，没有各买各单的独立，也不会有感情和性的独立。我有过一次非常AA的约会，AA晚餐加酒吧微醺后，他问："我们去开房好吗？"我说："好啊，我们AA。"房费一百九十八元，各付一百元，退房时，我把两个硬币放到男生手中："给你坐车好了。"如果开房费不AA，就像受了小恩惠，而多出的两个硬币却是小小优越感。哪怕在床上，他谈起了他的女朋友。

可是有些男人恨不得婚姻也AA制呢，因为他们总觉得吃尽了亏。曾听过一个离婚阴谋论，男人用了5年时间才如愿以偿地与妻子脱离关系。

"女人都是经济动物，摆脱她们的最好办法是让她们看到了你穷困潦倒无药可救。比如有人5年前开始动离婚念头时，便悄悄地转移财产，投资开公司，然后制造破产，当钱套出来后，他开始表现颓废窝囊，把自己弄得一无是处，妻子终于过不下去了，主动提出离婚，躲得远远，而大家同情这个男人时，他却笑出声来，因为蒙骗计划得逞，巨额财产无半点损失。"

也许生活中太多案例告诉他们，女人是以婚姻为赌注的，要不了你的人，就要你的钱。比如Alex的前妻拖了两年，终于开价二十万成交，"她算了算，从恋爱到现在一共十年，一年至少值两万。可是，我的十年呢，谁给我买单？"而Lisa的上司离过三四次婚，每个前妻都分到百万以上家产，颇像帮女人发家致富的爆米花机，以至聪明美女都不惜与他共度三五载，"反正他喜欢新鲜，我也不吃亏。"

　　为了破除男女诡计，AA制婚姻似乎也存在即合理。不但婚前财产公证，各归各有，婚后财产也各有独立权，公共家庭开销亦实行AA制，夫妻之间还可建立友好互助的借贷关系。不再换算你陪我睡三年觉和我送你一枚钻戒的价值，也不用问我的工资流向是否与我的精液流向是否一致。

Part 7

>>> 还是想有爱 >

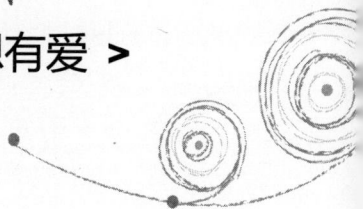

年年岁岁花相似

有女性频道的编辑问了我几个问题，你害怕容颜的改变吗？你不觉得女人没有了容颜就没有爱吗？这是很主流的观点，我说，容颜不是爱的关键条件，你要学会正视它。正视？对方反问：正视的结果不就是容许同床异梦？

同床异梦很可怕？岁月改变容颜是不可抗拒的自然灾害，就是女人看着身边的他，没有以前帅了，小肚子也出来了，也有些嫌弃吧。但她会去肥皂剧偶像剧里找梦，你也发现老婆盯着电视看的时间比盯着你的脸看的时间少得多了吧。男人呢？有次我们聊到这个话题，一个年少气盛的男孩说，我无法忍受和一个三十五岁又生过孩子的女人做爱。虽然闭上眼睛差别不大，可是细看，下垂了，有赘肉了，皮肤在阳光下也像橘子皮了。那么是否可以由此推理，当老婆到了三十五岁并成了孩子妈，就是你要找新欢的时候了？

经常地我们试图对寻求外遇的男人进行道德批判时，他们会用美化的爱情加以反驳。其实每个男人内心里都是个小女人，他们对爱情的幻想丝毫不比女人差，因为追逐爱能让他忘却自己改变的容颜。男人的异梦是"年年月月花相似，岁岁年年花不同"的梦。

我讲一个已婚男性的外遇你就明白了。我们问他，你爱老婆吗？他说：爱，非常爱。那你为什么又找了个年轻情人呢？他说：因为情人身上有老婆当年的影子，我仿佛回到了过去，但比那时的我更优秀了。原来，这是男人阻止自己老去的方式。

然后你可以想象婚后的男人如何发嗲。当他回家，看见一张散发成熟魅力，慢慢爬上鱼尾纹的脸，感慨风雨多年而恩爱不改；当他走出去，和二十岁出头的的情人约会，街头漫步缠绵，"她和我老婆一样性格独立，我们谈音乐电影政治，和老婆我也是谈这些。我还每礼拜给她写首小情诗，有时电话聊五六个小时"。"你和老婆还做爱吗？""做啊，做得很好，也让我面对情人时更从容。我喜欢被两个女人争着的感觉。"感觉多良好，仿佛穿梭时空的超人，往返于十年之间。"那么再过几年，情人也老了呢？""那再找一个长得像情人和老婆的小情人。"哈哈，这个梦做得够执着，如果老婆生了个女儿，便是小小情人了。

遥想年少时，在已婚情人的卧室里温存，注视婚纱照里那个曼妙女子好生奇怪，像在代替她重温旧梦；也曾经有个年近五十的情人，他对妻子说：我的前四十年都献给了你和孩子，剩下的时光，我要去玩了。妻子默许，说，只要不把女孩带回家来。所以当他打破约定，带我回家过夜，我在浴室里涂抹着沐浴露，他推门而入拥抱着我，我不由地想：那个容颜老去，完成了相夫教子任务的女主人，此刻在哪里，她在做着什么？

纯爱不死

　　那天在KFC，对面桌有个女生独自坐着，这时，一个也是学生模样的男孩进来了，他的脸清纯而不失个性。他走到女生面前坐下，大概在闹别扭。她低头不语，慢动作地吃着一杯草莓奶昔，他也没说话，就看着她一口一口地吃，眼神很温柔地看着，等待被原谅的样子。空气似乎凝滞了很久，局外的我不知不觉流下眼泪，像看见纯爱电影特写。

　　也许他纯净的眼神打动了我，也许他心里也有一句《山楂树之恋》那样的台词："你可能还没有爱过，所以你不相信这世界上有永远的爱情。等你爱上谁了，你就会知道世界上有那么一个人，你是宁愿自己死都不会对她出尔反尔的。"

　　当我和老男人说起流泪的场景，他不以为然："男人的爱，只能活一次。"于是我又想起路上看见的另一情景：垂泪的中年女人，往往身后跟着个不耐烦的中年男人，或者男人走在前面，愠怒地回头，女人一边委屈，一边哭，一边还得自己凑上去。在爱情里，女人是比男人迟钝的，男人往往在最开始的恋爱，交出了最纯真的自己，在性爱未竟之时，只是轻轻地拥抱，只是吻着她的额头，都会无比满足，之后完成蜕变；而后知后觉的女人，往往只是被男人带动着，直到很多年后失去牵引，才如《乱世佳人》斯嘉丽重回塔拉庄园般找寻纯爱，哪怕田地已荒芜，哪怕她明知不再适合空想。

我的大龄女友，设计一个浪漫游戏：如果有人想见你，又有点感觉的，我是不是让他站在街头，我不接电话，让他在千万人中来寻找到我？她问在座老男人：谁来参加这个游戏？马上看到各种望风而逃的表情，"有文化的女人真可怕！""还是做点实在的吧，没事多换换枕头套。""太二了，等我六十岁再陪你玩这样的游戏。"她失笑："我十年前玩过类似的游戏，只给了点提示，他一个宾馆一个宾馆地找，最后找到了我。如果一个人爱我，他还是做得到的吧。"

"在千万人中找到她"是张艺谋为了拍电影才会做的事，为一双清澈的眼睛，他阅人无数，最终奉上符合想象的静秋。和他们只活一次的爱一样，定格在一个最深的意象里，可在现实生活中再难矫情。

但是被催眠的女人，不管她们三十岁、四十岁，依然有颗少女之心。当她们看书，看到"爱你就像生命"的句子也会动容。当她们约会，还会想从拉手和练习接吻开始。不想长大的女人，和时过境迁的男人，再交手只会徒增尴尬，比如我十年前的男朋友，有机会在MSN上碰到，便一副看着你嫁不出去的幸灾乐祸样。倘若和他说起当年点滴，他反唇相讥：小时候的事你还记那么清楚，是不是年纪大了只能靠回忆了？

男人和女人的爱，经常不在一个时空里。女人的纯爱不死是关乎一辈子，永远要被当作十八岁少女；男人的纯爱不死是关乎18岁少女，固执在初识初遇的纯真意象体。一个婚后的女友抱怨老公视她如空气，不再静静地坐在椅子上，专注地看她吃冰淇淋。唉，其实如果电影里演出一个中年发福的男人，望着一个披头散发的主妇吃冰淇淋，也会被当作喜剧而骗不到眼泪不是吗？不是出尔反尔，是他们有心无力。

前情后补

一个男人而立之年，竟成前情们抢手的约会对象。往事已不吵闹，爱恨一笔勾销，只是在某时某刻，已为人妇的前情们，又想起他的好，就像一碗搁在冰箱里的鸡汤，拿出来喝一喝，还能滋补。

"她明天就要飞去澳洲定居了，约我吃午饭，为什么不是吃晚饭，心意很明白。"对啊，她不是想制造一夜激情，也不想给这样的机会。只是结婚了，要离开故土了，对那个曾经熟悉的人，来个端庄又暧昧的告别。

"她瘦了，胸也变小了，以前是C杯，现在目测好像只有B-了。她额前还多了几缕白发，我问她怎么这么时髦，把头发染白了，她说是真的白了。"男人回来，略有伤感，前情儿淡淡地在他面前展示幸福和沧桑，而这一切与他无关。

男人这时候已不会吃醋，反而像得到了一个交代：她过得还好，她比嫁给我好，但她也没有完全忘记我的，最后一天在我面前了。那个曾经小蝴蝶般的美丽前情儿，祝福她吧。明早飞机就要起飞了，晚上再给她打个电话吧。竟有些尽其完美的味道。

这样的故事总在轮回，劳燕分飞，爱过的人却到底在心里有个位置。燃烧的青春，我们有过多少浪漫和疯狂，伤害与疼痛？然后，我们各自上路了，有了新的恋爱，新的结局，却又回想起，那个曾经在宿舍下久等的他，那个曾经一脸傻笑憧憬着世纪婚礼的她，那个捧着一碗热汤、吹凉了一勺勺喂你喝的他，那个生气时大步流星甩你而去又破涕为笑扑入你怀里的她……有缘无分了，成熟世故了，可是在你面前，我又是那个二十岁的我，"再也没有人记得十年前的冬天我穿着怎样的棉袄了。"除了他。

于是背井离乡时，找来那个见证你单纯年代的他，同来为青春扫墓；于是受了委屈时，找来那个疼你如心肝的他，倚肩倾诉。到底我们都要变老的，可你到底是懂我的，就是我身上的缺点，你也完全能懂。只是阔别多年，那种爱情竟化为了亲情和友爱，男人抱怨前情儿跟他絮叨时，也半是幸福半是担忧。也许男人已经有了啤酒肚了，也许他还给你看他可爱儿子的照片，可是，迷离着还有点温暖。

一个女友婚后过得如火如荼，性生活也充沛不已。可是某天前情儿到书吧来看她，静静地坐在对面絮聊，她却不由自主地冲动，"这是怎么了，他长得并不好看，但有一种荷尔蒙。"女友笑称，原来和谐的性生活也不能阻止对他人发情。不过，发乎情止乎礼，轻轻的一个拥别，又将自己收拾进常规的生活里。

就这样也挺好的，我们不会再上床了，不会再卷土重来了。只是偶尔进补一次浪漫，偶尔老树刷绿漆，然后带着那些沉浮的小情绪，去跟新的审美疲劳抗争。我们幸好，没有白头到老。

旧爱见光死

常言道："爱一个人多久，就需要多久去忘记。"这个时间里，是抗体生长的过程，如果还没长好又招惹了起来，就有重新感染的可能。但不管生活在哪里，新的爱情多么甜蜜，总有某些触媒让记忆卷土重来，以至产生见见面的冲动，还带着一种检疫的好奇。

不知道你们有没有做过这样无聊的事，在忽然想起某个下落不明的旧爱时，用起现代化的搜索工具，企图找出蛛丝马迹。我曾经这样搜出高中年代疯狂追求的男生的电子邮箱，还搜出过初中时暗恋的语文老师的电话号码，甚至小学时迷恋的一个男人的照片。时间跨度越大，就越唏嘘。有时唏嘘到难以接受，啊，他变成了那样。

人有选择性记忆的习惯，尤其在分离的时光里，一些不美好的东西都模糊了，而美化的部分却魂牵梦绕。于是，危险出现了。当某天一个新的形象，冲刷到你眼前，感觉真的很像网恋多年的对象见光死了。死得惨烈，又很侥幸，原来，你爱过的那个人如此庸常了，你再也不会因为失去他而悲伤了。

旧爱见光死，像一个任性孩子的破坏性游戏，却也是很好的疗伤方式。我是怎样把初吻的人清洗出去的呢？还记得戛然而止的恋情，曾让我在高中开学后的军训中，一次次站在枯燥的队列中泪流满面，然后写了好多情书，憧憬了种种未来。直到上大学后，我鼓起勇气去把他找回来。我穿上了最萝莉的娃娃装，带着最清纯的表情走出火车站。这时，我见到了他，落魄，发胖，眉目间原有的神采也被打工生活摧残而尽。他领着我到一家杂乱的小吃店，吃了碗米粉，又在街头拖着我的手走向公园，我竟然不自在地想把手抽回来。坐在公园的长凳上时，每当他亲昵地想要亲吻我一下，我就更强烈地想要逃离现场。结果，我找了个借口逃了回来，他再写信也如石沉大海。

人真的会变的呀，当女人沉迷于和自己的幻想谈恋爱，实际的情形就会更加讽刺。有时也不排除对方故意粉碎你的幻想的情况出现。比如有个我曾经对着广场大喊我爱你的男人在阔别多年后，与我约会了。我还设想着与旧爱做什么爱做的事，他却说："我现在还不饿，你请我去踩背吧，那个店的姑娘踩背很舒服，你可以参观一下我被踩的样子。"然后，你知道这个必杀技多么管用，当我按捺住心中的不满，定定地站在那里，看着那副熟悉的骨头被姑娘的双脚踩来踩去，最后买了单出来，一点爱的背影也荡然无存了。

如果你以为还爱他，去见光死一次吧；如果你怕她还爱你，给她一个见光死的机会吧。如果不甘心死在最美好的回忆里，就死在面目全非的现实里吧。疼一次，打一支免疫针，就可以轻松上路了。

只谈几天恋爱

日夜工作不休，累到像弹簧被拉伸到极点的女友，一天决定放下所有事情。辞职，离港，远赴澳洲开始长途旅行。一晃过去近半年，伊人仍未归来，只是偶尔冒个泡，说起在哪个农场摘果子，哪天又自由组合开车穿越，半路抛锚，哪天又有个好玩的异装派对。我们不免关心她有什么艳遇，乖乖女的她总算带来点八卦：这几天我在初恋，和一个人一起做饭，我还把饭烧糊了，明天我们去海滩漫步。

初恋？嗯，当然不是第一次恋爱，而是过家家般的初恋感觉，纯纯的，傻傻的。她说：只谈几天恋爱，下一站我们的路程不同就要分开了。或许这便是旅行的意义，一个不经意的遇见，一份像是说好了不要结果的爱情，来不及厌倦，烟花闪灭。没有那些关于房子车子票子的繁重，没有那种脱了衣服穿上衣服的面目可憎。只是短暂的新鲜的几天，保留着爱情初始的美好记忆。

而看看身边，在匆匆忙忙上班下班的城市里，如果你突然想找个人谈恋爱，那是相当有难度的。"我们一起喝咖啡？""好，8

点以后，9点以前，因为9点以后我要去见意大利球队。"然后喝咖啡的四十分钟里，有电话响起，有短信进来，刚刚展开的笑容和话题一样，一下又找不到下文了。"对不起，我想起电费和管理费还没交。"

每个人像陀螺转来转去，不是不想停，是停不下来。工作狂如此安慰自己：当敬业的人在感情生活严重受挫时会成倍提高工作效率和热情。马上有人附和：反之，当他们感情生活开始发力的时候，对工作会心有余力不足咯。相比工资和业绩的实在，恐怕没有人会请几天假好好谈个恋爱。

所以就算只是谈几天恋爱，也找不出可以打扰的人。除非逃离城市去出走，邂逅和你一样在路上的人。比如丽江这样的地方，随便找个露天酒吧坐下，就可以开始恋爱。有个大叔曾跟我说，某天他去旅游，看到路边一个小姑娘独自闲坐，他过去搭个讪，小姑娘神采飞扬喋喋不休，随时都愿意和他走的样子，他很惋惜自己带了家人。嗯，其实她只是等一个可以谈几天恋爱的人，路人甲或者路人乙，放飞心情，然后回去继续当加班到黑眼圈的小白领。

发着牢骚，女友想起一个特别擅长只谈几天恋爱的人，对了，就是他就是他，会给你写情书，会和你在梨花漫天的树下散步，会谈一切你感兴趣的东西，会给你一些小冒险的惊喜，然后床也不上地悄悄淡出你的世界。这样一个活生生地在城市里穿行、信手拈来便是临时男朋友、像雷锋一样填补着女孩子们爱的缺失的人，历时多年，竟然还是传出了结婚的噩耗。"听说他婚前几天很焦虑？""是啊，这一下该有多少女孩子失恋啊。"

杯具女生

今年有次朋友聚会，很凑巧地去了远洋天地某楼的二十四层，而且就在前两年闹得沸沸扬扬的因小三而跳楼自杀女的隔壁。等着厨房里美食烹饪的工夫，我们闲得无聊好奇大发地踮着脚尖打望隔壁那个事发阳台，像要搜寻一点悲剧过后余留的蛛丝马迹，还目测着从那到楼下草坪的高度，感叹纵身一跃的瞬间，死亦何欢？

我难以揣测自杀女性最后一刻的心情，是落叶归于大地的静美解脱？还是宁为玉碎不为瓦全的砰然破碎？近段时间，又有才华横溢的女歌手选择以这样的方式告别人间，可我还是只能看到敬业的娱记到那个东五环小区，偷偷地拍一块草坪被铲走后的样子。严冬酷雪了，本来草也不绿了，可是铲走了，更见荒芜和悲余。

也许对于逝者而言，这是最后一场华丽丽的告别演唱会，但对看客而言，这样的悲剧又像被网络流行语轻巧化了的一个"杯具"。是啊，不过是个刚强已久的水瓶座女生脆生生地摔落了，支离破碎了，哗啦作响，甚至连意义都谈不上。

如果美化女性自杀之于爱情的意义，到底有些残酷。很多年前，有个男生跟我诉说和女友分手后他的心情，他说："很爱她，但是也很恨她，恨到希望她过马路时被车撞死！"听得我胆战心惊，仿佛看见一个风华正茂的女生被车撞到飞起三米、鲜血直喷地落下，而目睹的他脸上漾起一丝快意。OMG，不爱了，他恨不得你去死，你千万别死，好好活着，活得漂漂亮亮的，气死他。

可是杯具女生不这么想吧，她们天生是个杯子，活着时，只有一个梦，就是被全然的爱灌注全身，不能忍受杯中水的蒸发和污染，更不能忍受杯水耗尽。渴水久了，她就会忘记自己是个脆弱易碎的杯具，会奋不顾身地走动起来，想去接近新的水源，然后杯子一走路便摔碎了，不但没有水，连自己都不再复活了。生者唯有想象她带着梦去另一个世界自由呼吸，重新装满杯中之水。

自言自语着这样的寓言，又感觉完美主义杯具女生，其实有点日本武士道精神，嗯，她们宁可一刀切下去保留自己的尊严和主义。但是，不完整的人生才是多数人要经历和忍受的。看到90后女生化悲痛为自娱，像化着流行彩妆那样，失恋了在手腕上割一道成年礼般的伤口，还涂得粉红粉红的，聚会时炫耀着酷到毙的伤痕，就跟穿环打耳洞般时尚，我不禁想，比起你粉身碎骨的样子，略有裂痕地微笑活着，才是更好的嘲讽。

唉，其实我完全不鼓励自残，何况自杀。只是想你痛得少一点点，虽然痛也能分泌出另一种快乐。如果真要生气，我也生气得跟大妈一样：那些失去你真爱的男人，怎么都不去自杀，你却偏偏要去砸坏那些花花草草！

通往女人心的也是胃

那一天，看着冰箱里满满的菜：排骨、茶树菇、西红柿、肥牛……却无做饭的冲动。也不是不饿的，只是胃有胃的想法，它忽然狂想吃潮州牛肉丸，那种很弹、很脆、很劲的，小时候熟悉的感觉。可是身在北京，哪能张口就吃到。这么欲求不得着，最后决定不忍了，出门，坐上车，在高速飞奔，去找那一家看见过的牛肉丸火锅店。

你以为我改写美食专栏了吗？不是的。我是发现坐在车上，奔向我梦寐的却不知正宗与否的潮州牛肉丸时，仿佛一下回到了少女季，迫切地想见到心爱的人，而恨路途太周折。攒着满满一袋心情和开场白，直到出现在他面前，什么也不顾地拥抱了，亲吻了，嘶咬了。而这一次，约会对象竟是牛肉丸了。

是不是太久不谈恋爱了，对牛肉丸的冲动让我一时感动，原来我还不是爱无能呢，我还能这么单纯地付出呢。这些我忘记了淡漠了的，竟通过我的胃来找我了。十年前，我第一次在电话里对人说：我爱你。胃也是跟着抽搐一下的。

而三年前结束的恋情，胃记得每个细节，第一次闹分手未遂，他请吃了一顿素食，她无肉不欢，于是加了一条蒸得不够好的鱼；第一次复合后，他坚持要为她做一顿饭，拿手好菜是咸鱼煲鸡翅，她吃得太兴奋，八只鸡翅吃掉五只才发现他没动筷子。第二次分手，真的分手了，只是他们都不知道明天以后就要失去彼此，还在寒冷的路边，吃了一串又一串麻辣烫。后来，真的就没有见面了。她继续和很多人做爱，却没有人为她做饭。她看他的博客，看到某天他做了个薄蛋汁橄榄油煎鳕鱼，诱惑得不行，也笨手笨脚地照着样子给自己做一个。

还真是会伤感呢，谁说通往女人心的是阴道？谁会记得一段爱情中，每一次做爱的不同？可是胃却在你忘记一个人时，还能想起与他有关的每道菜的味道。好多年前，张柏芝说，只有爱人能吃到她做的菜，一般人最多做个方便面。所以，阴道其实比胃没原则得多。

那一天，结婚多年的朋友，说着美食经，让美女们口水直流，他却不经意地透露，他不但经常在家做菜，还会每天特地为太太煲一份汤，鱼肚汤、排骨汤，换着不同花样。这是怎样一种爱？每一勺，每一口，经由胃，直达心。你可以找到比他更有钱更帅的男人，可是那个亲手为你煲汤的人，上哪找呢？

女人的胃并不大，女人也不需要真正的厨子，她只是有时需要你穿上主妇的围裙在厨房里待一小时，就像偶尔弯下腰为她系松脱的鞋带。所以，一个男人，哪怕不爱进厨房，也至少要学做几个菜。退一步说，你若连做菜也不学，你至少要懂得她的口味，懂得她的胃，因为那是个有感情的通道。

亚当肋骨和鸡肋

在超市看到黑椒酱油腌制好的鸡翅，觉得颇适合我这样的懒人。把鸡翅放进微波炉，在架子上一一铺开，印象中上一次做烤翅是烤几分钟翻面再烤几分钟，但忽略了这次的微波炉已不是以前那只，模式设定也完全不同。懒到极致，按下十分钟，以为省得翻面了。叮一声出来，汁肉丰满的鸡翅呈干焦露骨状，期待的美味烤翅直接升级为鸡肋，大呼杯具之余，一把扔进垃圾桶。

此时想到女友对她相恋五年的男友的形容，就是鸡肋一般，食之无味，弃之可惜。也许五年前，她看到他，也如我在超市看到那些新鲜鸡肉般，有冲动，有向往。只是时日太久，惯性和惰性使然，她不但想不起初始的饱满，还对一盘鸡肋厌意油然，实在分手也没什么所谓的。他也出过轨，她也有了新的暗恋，只是还不能一把扔进垃圾桶。

为什么不能？也许对新的恋情没有十足把握，不确定这番冲动是否又会过火，如果过火，难说不成为下一盘鸡肋呢。而已有的鸡肋，仍然保持了每周一次的见面频率，和生活习惯一样，按部就班，不好不坏。早没有翻面的价值，也没有回炉的激情，反正已经是那样子了，只差哪天其中的一个人说出分手两个字。

而我们这些连鸡肋爱情都不再拥有的旁观男女，咋咋呼呼地分享了一番她的新人，分析各种可能后，又消极了起来，其实哪种爱情最后不鸡肋呢，仿佛扔掉鸡肋也成了可惜之事，再无味也是盘中餐，有种意象上的温饱，稳定中的慰藉，还是个现成的结婚人选。

大家都不缺乏鸡肋经验，只是年少气盛时，全然不顾爱是恒久忍耐的圣经，肉都吃完了，骨头就不愿意啃下去了。结果就分成了两类人，一类是没扛过鸡肋期，果断抛弃，四处觅食，没再碰到一盘可供饕餮的大餐时，就回味起鸡肋来，凭着美化的想象，把鸡肋原地复活五彩斑斓的山鸡，说再来一次，定与他/她结为连理；另一类呢，鸡肋期结束后，成了厌食症者，不管哪一种爱情大餐都提不起兴趣，"人都是会死的，爱比死更冷"，于是我看到一些在二十五岁以前就索性把自己归入剩女行列的女孩，对约会统统拒绝，反正吃了也会吐出来。

所以爱情是一个通关游戏，鸡肋那一关通不通得过去，意味着能否看到下一个风景。爱情至上者，就像肉食动物，横竖都要汁多肉丰美味可口的爱情，保持着五分钟的热度；鸡肋至上者，吃完了肉，啃骨头，啃干净了，再把骨头扔进锅里，加水加料，熬成骨头汤，美滋滋喝下去。

鸡肋爱情的精髓在于，你终究觉得"可惜"，可惜是难以割舍的感情，"如果放弃了，便是对自己的否定。"不知道上帝用亚当的肋骨造一个夏娃时，是否就设好了爱之纠结呢。

新式门当户对

在钢琴声袅袅升起的西餐厅，G切下一块纽西冷牛扒往嘴里送，一边说起他的同居往事。

"不要跟爱的女人住在一起，只会不欢而散。女人比宠物还麻烦，要你每时每刻陪着她，让你什么事都做不了。每天回到家，做饭吃饭看电视，没事找事干，只为待在一起。其实我有自己的爱好，也想享受片刻孤独，但做不到心无旁骛。比如睡前上网放松一下，她总要生气，说为什么不过去抱她睡觉，说我冷落她，不爱她。我怎么解释都没用，她的夜间狂躁症越演越烈，我们只好分手。"

我的同居史也一塌糊涂——第一段，因为不满男友拖地晾衣服睡觉起床事事都要同步，借着写小说的理由把他轰出去；第二段，虽然我贤良淑德事事同步，男友却为不能放松地夜里3点看球赛，还要担心我问抽屉里为何少掉两只避孕套，借着要一个人过的理由把我轰出去；第三段，我们甜蜜蜜地天天腻在一起，直到我累了，连续两天一句话也不说，他无法理解，把我轰了出去。

"同居速死"的结论在越来越多故事中得到证明，我们孤独又自私，现代节奏和单身时期养成的习惯，让我们不再有耐心磨合下去，想要爱的感觉，不想要爱的麻烦，与其画地为牢，不如各留余地。父母那代的"同一屋檐下"不合用了，现在流行"爱人住在街对面"。

比如G的房子就买在我对面的小区，这个因为厌恶同居而不敢结婚的家伙，忽然觉得我是不错的对象，他说："住得近不错啊，我可以上你家吃饭，你可以来我家喝酒，我们做完爱各自过夜也方便。"是啊，每次见面都像约会，我不用为你拖地、洗衣、跟你同睡同起，我熬夜写稿开着音乐也不怕吵到你，就算分手，也不用搬来搬去。如此一想，很多问题迎刃而解。原来我们不是怕爱情，而是怕失去自己的领地。

可是你见过最折腾的情形吗？有回和新认识的熟女正聊天，她接了个电话，柔声细语如恋爱中的宝贝，挂完电话才说："是我老公，他每天睡前都会打电话给我，我们最近又要复婚了。"又？我疑惑。听她娓娓道来，传奇的婚姻故事。

"旁人都无法理解，我怎么会跟同一个男人离婚三次又结婚三次，每次的理由都不同，第一次是他破产了，怕连累我；第二次是我跟别人好了，他也有外遇；第三次是我的身体生病不能生育，怕连累他。但我们最爱的始终是对方，而且他有一点很感动我的是，不管结婚还是离婚，他都没真正远离过，我们不是天天住在一起，但我们十年门当户对。我有个癖好，就是买房子装修房子住几年又转手卖出去再买新的，而每次我买新房子，他肯定会跟着买与我相望的单元，比如我买A栋，他就买B栋，或者直接买在我对门。虽然我有过一个差点结婚的男朋友，可拍完婚纱照去看新居时，我变卦了，因为觉得不会有比我先生更懂我的人。"

　　这是个违背围城定理的故事，不管冲进去冲出来，城里城外，仍有自己的城堡，你知道我的一切，我还有一切。或许是刻意制造了距离，这点距离却让彼此一生追逐。所以放开你一点点，又不远离你，也算是新形式的门当户对吧。

美好调酒师

日前与女友叙旧，说起她酒吧里曾经的调酒师，故事啧啧精彩，"他和那个美国妞结婚好几年了，去了美国，还当了厨师，前些日子回来省亲。"啊，那个斯文内向的小伙子，竟有这样的奇遇！女友说，一点都不奇怪，男孩子就是有那个命，不跟美国妞，也会跟什么法国妞走的。他是一个好人，能吃苦，而且怨言少，想法简单，不知道"文艺"两个字怎么写，所以，他会生活得很幸福。

还记得当年，我们像看一个小甜点那样，八卦着调酒师。在浮光掠影音乐翻腾的酒吧里，低调保守的他，只是清淡的水草打着一份工。他或许不出什么电子什么英伦，也不懂都市朋克青年的叛逆疯狂，更别说那些暧昧的文艺逻辑。可是，一个在北大读书的美国妞就像发现了宝一样迷上他，每晚来酒吧等他下班，混熟了还在吧台里帮他做些零活。

我们眼看一个农村出来的小伙，被洋妞狂追，好奇他会怎么招架，而中间还穿插了曲折的心肠。比如美国妞被拒绝后，还赌气和酒吧乐队的几个乐手好上了，比如又杀出一个法国妞，险些夺爱。换了是个摇滚青年或者白领精英什么的，或者就逢场作戏享受齐人之福，或者就逃跑了吧。可憨厚的调酒小伙，最后竟接受了美国妞的诚意，跟她走天涯，上演有情人终成眷属的佳话。"他连英文都不会讲呢？！"可他就有这样的胆量，我们以为是冒险的，到他那里，却是老婆孩子热炕头的美好。

"也许外国女孩子比中国女孩子更适合善良单纯的他吧。"女友淡淡得出结论。让我想起折腾不休的那些泡吧日子，也貌似遇过这样简单善良的调酒师。那时，我隔三差五地去酒吧鬼混，一个人去了往吧台一坐，无聊了就和调酒师搭讪。他始终彬彬有礼，调给我爱喝的酒，或者多送几杯柠檬水，我不开心也好，放纵也好，他都没有异样的眼光看我。

后来有个晚上，我喝得烂醉，到酒吧打烊食色男女作鸟兽散，我还站不起来，抱着手机狂打边说边哭。直到恍惚之中，调酒师送我回家，我说不清家在哪，他把我带到了他简陋的小屋，把床腾给我睡。天亮醒来时，依然衣衫完好的，睁开眼，他走进来，送了我一个看起来廉价但漂亮的发夹，我感动得都想哭了。

可我是个庸俗的中国女孩，潜意识里还没浪漫到与一个漂泊的调酒师建立惊天动地的爱情，所以也没有浪迹天涯的故事，只会继续在并不真善美的男人动物丛林里穿梭。买醉时依然一副自我满满的样子，吩咐调酒师：再来一杯长岛冰茶，再来一扎啤酒。

不知在那些夜场里，面对形形色色的、停留在吧台、又开心伤心地离开、从不把他们当回事的女孩们，美好调酒师如何想象这不夜城的爱情呢。

男人情书模板

深夜出去买烟，路过十字路口，有对情侣在路边闹别扭，女人双手捂着脸，好像在哭，男人焦躁地在一旁解释；从烟店出来，又看见一对情侣，道别时分，女人恋恋地站在那里，男人像被风吹过，一个纵身倒向女人怀中。这两对情侣，刚好在十字路口的对角，看见这般街景，我在想：有一天他们分手了，男人会不会给女人写情书。

卖座的两部电影，《海角七号》和《李米的猜想》不约而同地运用了大段男人的情书作为告白。是爱情稀缺了吗？孟庭苇钟爱给友子的七封情书，在日记里写道：有一种似乎遗失了许久的感受悄悄温热着，是一种叫爱情的温度吗？已经好久没收到所谓相思的情书了。而女孩子们，看到李米追着方文边哭边念八十三天……二百二十一天……四百三十天……七百八十八天……情不自禁地落泪。

女人始终是相信语言的动物。这个男人不能与你一生相守，他边打边逃，离开你又不让你忘记的姿态，仍让你感动得全身汗毛都想哭。而我整理两部电影不同风格的男人情书，总结出两个模板，一是渐行渐远式，中心思想为：我不是抛弃你，我是舍不得你；二是渐行渐近式，核心内容是：你在等我吗？我就要回来了。多么该死，前者让女人等了六十年才落定，后者让女人整整四年都没跟别的男人做过爱。相比之下，《一个陌生女人的来信》就倒霉多了，男作家收到因他改变了一生命运的女人的情书，竟想不起她是谁。

有人说，真正的爱情总在分手之后。分手之后，还勤于写情书的男人，也算是极品。他不是为了跟你上床了，他只是诉说对你的思念。尤为动人的又是日记体，时间跨度越长越好，年份越长越像值钱的葡萄酒。而思念不可避免的细节，纯情时说你被红蚁惹毛的样子让我爱上你，激情时说那一夜你的水打湿大片床单，也打湿我的心。其实，他是没有勇气过一种养家糊口的生活，又爱幻想，他想永远活在你心里。

男人经常也认为自己的爱情独一无二，情书便是一种陶醉。有天夜里，我问一个发生过关系而余温未退的男人，你写不写情书？他说，只给离家出走三年的妻子写情书，虽然早已失去联系。他不写电子情书，他喜欢写在纸上，有时出差睡在某个酒店里，随手拿起便条写下几行。我说，反正也石沉大海，你不如把情书寄给我，我替她给你回信。他顿时沉默。

我承认，我也爱看男人的情书，就像喜欢收集爱情物证。某年某月，你说陪我在北京过年吧，一起吃火锅就不错。某年某月，你说你知道我心疼你，我摸着你的脸时，你就知道。物是人非后，我还会揪住那些句子，安慰自己：你是真的爱过我。

人的一生，常常花很多时间去确定一份爱情，此时爱不爱，彼时还爱不爱。所以情书的意义，仅次于一纸婚书。你看，落在纸面上的东西，你逃不掉吧，我很好骗吧。男人是怕写情书的，写了就落下把柄，越是怕越成为电影桥段。

问题感情专家

已经洗刷完毕，穿着粉红小背心矗立床边，等待一个良辰美景，对面这个男人却敲打键盘不止，伴随着闪动不休的小企鹅和滴滴声。午夜时分，他在忙什么呢？原来是多个女孩在那端咨询感情问题。他一边抱怨着当感情垃圾回收站和心理大师的劳苦，一边又享受替人答忧解难的角色。

"为什么女孩们喜欢咨询你？""不是我自夸哦，因为我言语犀利，总能一针见血地指出问题，我真应该考个心理医生牌照，收费服务。""她们一般都问你什么问题，恋前恋后还是恋中居多？""恋爱中的比较多，跟男朋友发生矛盾啊，或者多个男人追求如何选择，都会问问我的看法。"哦，他俨然成为业余感情专家了。虽然他深居简出，连恋爱都不谈。"那她们深更半夜迷恋与你的对话，会不会爱上你啊？"他不置可否，只说自己比较冷静。

但是接着发生的事情，让我不由疑虑。这位感情专家忙碌到我昏昏欲睡，并解答问题到深夜两点后，最终爬上了床，却忽然不举。我问：是不是你睡前太投入别人的感情世界，而影响了自己的情绪啊？这个问题，连感情专家自己都无语了。

在我看来，但凡恋爱过几次，有点经历又会总结升华的人，都能当感情专家。但是相对于天生感性动物的女人来说，细腻于两性关系和感情分析的男人，多少有点可怕。因为他对女人的缺点和毛病，仿佛了如指掌，随便一点风吹草动，都能搬出金科玉律来应对。跟感情专家谈恋爱，恐怕就像跟我上床一样让人不安吧？因为你面对的不是一个可培养的爱情白痴，而是可以把你当问题女人一样审视的男人呐。

而由于工作缘故，貌似我认识和接触的男性感情专家也不少，一类是婚姻平淡但哲理丰富型，当记者问到他的敏感问题，他竟也会经不起推敲地回避，比如他对出轨问题看得相当开放，一问到他自身，那只能顾左右而言他；而另一类更普遍的是冷血独身型，记得有次我在机场书店看到本《冷血感情信箱》的书，心头一热：哇，这个人我认识，还曾经很粉他呢，他成天穿着酷酷的黑衣，言语不多冷幽默，神秘而不可侵。一个很不八婆的男人也被主编逼成了感情专家，还金句不断。某天在饭局上听闻他那骄傲的女友，开着车带着狗拜拜了他，我竟然幸灾乐祸：冷血感情专家也搞不定自己的爱情。

所以同学们，不要迷信感情专家，如果他们是久病成医型，一定有他纠结不清的心病，病人看世界的眼光再冷酷，也没有你傻乎乎的恋爱并受伤痛快；而如果他们是风水大师，请不要相信在住着的屋子摆几盆桃花，再把床坐西向东，就真的能招来爱情运。而万一你修炼成了感情专家，切勿切勿不举。

Part 8

>>> 相亲不相爱 >

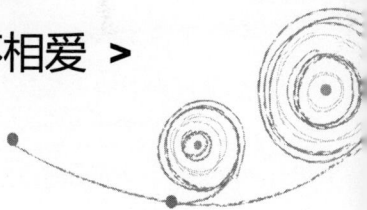

欢迎来到剩女世界

写下这个标题，顿然觉得很自嘲。没办法，身边太多的例子在说明，当你静静地剩着，幸福自然来按你的门铃。有人感慨进入剩女行列了，马上就有人现身说法：什么啊，你还年轻，你看我到三十六岁，都做好孤独终老的打算了，居然嫁了个比我小很多的男人，还一表人才。接着又有男人发表看法：三十岁以上的女人才值得爱。

其实呢，作为男人对手的女人，在同个大环境中竞争出来，黄金期都差不多，三十至四十岁这个年龄段，若还独善其身的，同样散发成熟自信的魅力。她们也会说：想起自己二十多岁时，着急谈恋爱，又经常错爱，蠢得不堪回首。是啊，顶着一张青春的脸，显出四处找饭票的嫌疑，撇开物质不说吧，对方又觉得你只会画着大熊猫眼一脸无知。

那么好，欢迎来到剩女的世界。剩女首先是一群比较自立的女人。男人不用太担心他的投资会升值还是贬值，因为剩女的价值已经比较稳定了。经济上的平等让她投身置业大军，一女友相亲时直接去看房，一百三十万的大house，首付没问题，月供小有压力，但总监职位亦收入不菲，结果呢，当男方试着和销售砍价时，销售殷勤地转向她抛媚眼。如果年轻十岁，大概是无房不嫁，可现在她们不理会女人买了房子就嫁不掉的说法，相反，婚前置业才更有身价。碰上个成功男，那叫强强联手，碰上经济适用男，没关系，我也不是吃软饭的。说这个容易又让人误解剩女也是经济动物，其实不然，只是应了李嘉欣接受采访时说的，她可以给到自己想要的环境，无需通过结婚改善生活。

小女生时，向往那种温暖的老男人，可是多年以后，你也成了他。生活的磨砺，让剩女有了包容心和公平态度。不会24小时向对方要行踪，旅行外出，懂得周密安排衣食住行，居家缠绵，也分得清高潮期和不应期，而更多的是，她们的阅历见识和处事能力，提供了一种"智力上的兴奋"，这是抗衡"审美疲劳"的良药。一大龄女友在当爱情参谋阶段，乐于助人地帮准男友排除了其他候选人，忽然一日，男方发现她才是最佳太太，旋即求婚。结婚后其乐融融，因为作出这样选择的男人，对年轻美女有抵抗力了。何况她是个全能型太太，从锅碗瓢盆到事业谋划，无不精通，一年之内，完成了家庭造人行动，还推动了老公集团的提案改革。

发明"剩女"这个词的人，初衷是为打击大龄女性，可实际上，剩到一定程度，几乎没有被淘汰的风险了。因为三十岁以前靠包装取胜，三十岁以后则是品质升值阶段。不同的是，男人不用怕你要什么，你能给他的世界，比他能给你的还大。当他幸福着用一种眼神看你，是不是似曾相识，你也曾用那种崇拜的目光看着成功老男人。

A女D男的苦恼

　　婚姻市场规律把男人女人按条件排列成ABCD，然后A男找B女，B男找C女，C男找D女，A女无法再找到A+男了，过山车般调头直下，在D男堆里玩碰碰车，撞着撞成车祸般AD组合，方觉婚姻真是灾难啊。

　　一女友抱怨：现在的男人怎么这样？！话说她的一个A女朋友结婚不到两年，老公就去和单位里新来的女大学生谈恋爱了。"前两年，他没工作，还是她养他，给他买保险，买衣服。他上了班有了收入，却不管家里的事，分文不上交，拿着钱去泡妞。跟他理论，他就甩下一句话，不高兴就离婚呗。可是她付出那么多，买房子还是她出的钱……"

　　且慢，不是第一次听你愤愤控诉此类事件了，怎么你的女朋友这么倒霉。仔细打听，原来都是A女D男组合惹得祸，女的比男的钱多，男的比女的脸白。本以为D男如潜力股，炒炒也能升级成A男B男，孰料男人一脱离了D阵营，就想上市流通了。

　　A女恐婚症不是没道理，经济地位怎么变，也改变不了传统的男上女下。当A男找了B女，是甘于他的A男角色，多付出被依靠养家糊口也视为己任，女人会嗲着说老公你好棒就OK了；女人呢，也因为有了A男，看不上B男，甘当温柔小绵羊，于是婚姻和谐。

反过来，A女找了D男，充满PM 9：00去超市菜摊的无奈："谈恋爱时，他出门经常忘带钱包，跟我朋友聚会也毫不客气，能把好吃的东西一口气全吃了，可朋友说，他是个不懂人情世故的处男，像在妈妈身边没长大的孩子，调教调教就好了。"抓到这根稻草的结果是，他无法忠孝两全，要么打着游戏问你有没有宵夜吃，要么开荒完成进化了，他充满自尊地为别的女孩刷卡，而告诉你：我不想当奶爸！

在A女D男的婚姻中，除了留下一次婚姻记录，D男的风险性几乎为零，离婚还能盈利一笔。所以每当A女抱怨婚姻不如意，旁观者恨铁不成钢地说："那就离啊！你没有他又不是不能活，你独立能干，不靠他养。"A女却摇头叹息：离不起。嗯，不离还勉强算有犬女王，离了就成败犬女王了，而且谁能保证D男市场就不水涨船高呢。左思右想，只要他不出走，就当是根鸡肋暖暖被窝算了。

市场规律真是万恶源泉啊，虽然麦姐又要和二十二岁的巴西男模结婚了，也逃不过A女D男格局。但麦姐心态好，甭管是真爱还是消费男色，永远摆出"我不吃亏我快乐"的样子。所以A女与其致力于D男改造工程，不如完成阿Q精神建设，拿出点大姐大的范儿，罩着一个算一个。

想想明星王菲也赢了口碑，被骂的总是另一位；想想我有个五十多岁的女友，带着豪宅宝马找了个三十岁的老公，也过得逍遥自在。既然还有D男可选，就选个优质D男，在婚姻市场上，当A女失去了被收购的优势，提升自己的购买力，还是大有前途的。

剩男相亲记

虽然满世界都是剩女，媒体女性频道也经常为剩女出谋划策，让人以为这年头最想结婚的就剩女人了。我身边最近却冒出不少问题剩男，年龄都在三十五岁上下，要么一月相亲三两次遍寻无果，要么早年打算光棍一辈子忽然碰上个心动的，措手不及。众好友对恨嫁女无动于衷，对剩男却兴致大发：哎呀呀，终于有个想结婚的男人了，大家快给推销推销吧。

就说A吧，如果在十年前，他绝对合适走纯情男生路线，可如今三十三岁了，眼看就要三十四岁了，居然，手臂上那道处男线还在哦。我给他发"简历"时，绘声绘色：一个靠谱青年，不算很有钱，有两套房，将要买车；在外企上班，月入过万，做技术的；人很好，也很传统，但生活不古板。他喜欢旅行，去过很多地方，去年独自一人去美国，今年去朝鲜，明年1月还要徒步台湾……

剩女听着觉得很不错，就问身高呢？一米六五左右。唉，马上退货："我有一米六七呢，还喜欢穿高跟鞋。"我又说："但是他人品很不错，还没正式谈过恋爱的，纯得很。"剩女听了更怕怕了："那我真的不耽误人家了。"我还以为女人真是传说中的就嫁有房有车，原来关键时候，海拔排第一。"是啊，个子矮让人没安全感啊，出门也没面子啊。"啊，纯到没有性经验也不能给人安全感吗？连A的最大卖点也成了笑点。

好不容易找到一个不介意A的身高，也门当户对的处女，还跟他一样喜欢淘宝购物又喜欢旅行，A很重视了，对着照片左看右看，问："是不是平胸？"我正要教育他，他马上说："波大无脑，平胸也好。"然后又问："这么好的女孩子没人追？"我说："因为她很帅气，很独立，个性比较像男孩子，喜欢她的都是女生啊。"A皱皱眉："不过没关系，《六人行》里的Ross也娶了个Lesbian（女同性恋）。"A的心态开放至此，我也就斗胆让他们聊上了。过几天，问女孩，感觉怎样，聊得好吗？女孩说："你把他说得那么有童心，我还以为是80后呢。"完了，本是抢手的年纪变成了"怪叔叔"，A再声称自己是萝莉控也无济于事。

一腔热情被泼冷水后，介绍人和剩男都开始灰心了，到了推销下一个剩女的时候，A不等对方挑剔自己，还主动还击了，"啊，才158cm啊，啊，朝鲜族啊，我一下就想到了泡菜。"原来，我不是第一个这样没事找事的，A的同事好友们都自讨没趣过，一月两个的相亲对象早就淘汰得如潮水一阵阵退去。而A依旧虔诚地说："我真的想结婚呀，我的要求不高，只要对方人品好，皮肤不黑。"

遥想当年在广州，我们浩荡张罗过一次相亲会，男方亲友团接受女方亲友团如同幸运52的开心问答，还狠狠地搓了一顿。而今，A的饭，我们是一顿都没搓上，还像输密码口令那样，"人品好，不黑"着，可依然没有一个剩女能够结束剩男A的单身生涯。

男女
内参

毒舌相亲会

一女友参加某婚恋交友网站的相亲活动归来，大为光火：再也不去了，花了我150大洋，都什么跟什么啊，乌泱泱一片。站那儿看见的都歪瓜裂枣，一个养眼的帅哥也没有，不光这样，男的随便就往前凑，个子还没我高的也凑前来要联系方式，说话还不客气，什么你都三十岁了啊，还没对象呢……

唉，这就叫花钱买罪受。而且可想而知，高挑、美丽、气质不凡，还有三套房的她，在现场肯定是端着架子，即使偶尔有个顺眼的，也不敢主动上前搭话，等着被猪供，添了堵只能回来发泄。早知如此，还不如报名参加时下火得一塌糊涂的《非诚勿扰》，充分发挥自己的毒舌本领，把男人呛得一鼻子灰，然后一把灭了灯，让他没有报复机会。不图嫁人，只图爽快。

话说现在给剩男剩女搭台相亲的荧屏节目大行其道，为争收视率各出其招，惹得七大姨八大姑也搬个小板凳看这真人秀。不光看，还做小笔记，记下谁被灭了几盏灯，事后总结交流，好为小辈们张罗。而我看了几期，觉得搭台唱戏是假，拆台为乐是真。

用我闺蜜的话说，剩女胜在怨念气场强大，所以有了女生权利在先的环节设计，她们定然光芒四射。灯光音乐一起，佳丽们鱼贯入场，如参加世姐赛，并以绝对优势，等着开涮一坨坨男人。男人稍微翘起尾巴，便会死得很难看，比如前段惹起公愤的富二代，自信满满地炫着六百万存款和火锅店，想着拿钱砸死你，用宝马带走你，却被不吃素的剩女们砸得灰飞灯灭。最近又看到一个复活的傻小子，要以连云港首富老婆的标准择一"大头小眼小嘴"的妞，几乎是来表演单口相声了。女嘉宾们留多几盏灯看洋相，调侃其"年轻有围"，"肤浅得有内涵"，娱乐至其死。

做一个毒舌妇是很过瘾的，刻薄出众者还招来粉丝无数，因此有的女嘉宾不以结亲为荣，而以上节目挑刺为瘾。而女权先行的相亲交友貌似成为新潮，那天看到一个叫"淘男网"的交友网站，直以消费男色为宗旨。看上哪个男的，就放进"购物车"，男人如商品，不喜欢了还可退换，真称了女人心意。

这是个性张扬的年代，有压迫就有反抗，既然女人被年龄和美色活生生压迫成剩女了，她们也不愿再夹着尾巴当烂白菜。剩也剩得有腔调，有姿态，只要煮饭婆和充气娃娃的男人靠边站吧。

两性价值观杀戮的结果是，相亲节目开始酝酿西风压东风的男生权利在先游戏，争取把公主富家女三高女等一票自我感觉良好的女生放在台上供男人灭得体无完肤。可见相亲真人秀要升级为国际大专辩论赛了，有没有花好月圆我们不管了，只求培养毒舌种子选手，为有朝一日入得厅堂也吵出个水平来。

网络婚骗

女友大呼小叫着爆料：十几年前的男友忽然冒出来，打了一个多小时电话倒苦水，说被一个女孩逼婚未遂追杀上门，并窃取了他的通讯录，扬言要联合十几个被他骗过的妞"正法"他。而通讯录上的第一个名字，是女友本人。

怎么办？女友哭笑不得。平如湖水的生活，扔进这么一颗孽债炸弹。所幸，她不在那十几个不幸姑娘里面。她是遥远年代正牌女友，而非他已为人夫人父后在婚恋网站上多行不义的恶果之一。

一个其貌不扬钱财不多年近四十的国企男职员怎能如鱼得水地泡妞？不奇怪，这年头恨嫁的姑娘太多，而她们又是在某严肃婚恋网站认识此君，该网站打出的广告又是如此吸引人：青春不常在，抓紧谈恋爱。

在此以前，就听其他女友讲过婚恋网站的形色笑料。那真是个桃花盛开的地方，大龄剩女们本来成天愁着找不到对象，上了该网站，每天求爱的邮件如雪片飘来，约会应酬得安排日程表，一个不成还有多个备胎。开始还想着求个正果，后来一看市场繁荣，那就享用一个算一个了。

但是上面的男人们靠谱吗？十有八九不靠谱。有中学文化伪装海归高知的，有无房无车无业伪装多金五百强的，更多的是有女朋友伪装单身的，已婚伪装未婚的。好玩的是，有人白天上班泡妞，晚上回到家枕边有人，手机就转秘书台。玩失踪玩不过去了，就很遗憾地跟我说：对不起，我是个特工，我没有自由。

如果你鄙视他们动机不纯，他们多半会反咬一口：谁让你自己动机不纯呢？是啊是啊，谁让你在网络上找结婚对象，相信百里挑一的幸福呢？所以才有开头那样的故事，这个男人口口声声要和她结婚，结果竟是个孩子他爹。值得一提的是，他还真的回家跟老婆申请过离婚，只是没被批准。

作为实践爱好者，我也注册进去浑水摸鱼了一把。碰到件有意思的事：有个自称律师的男人孜孜不倦地给我写信，每封信文采斐然，情真意切，通顺得像一份通稿，但末尾都是要求我留电话号码。我一直不理，过了很多天看网站打出提醒大龄剩女、离异女、丧偶女必读的公开信才明白怎么回事。

原来要你电话的这些人正是你所熟知的电话骗钱的那一类，比如号称来见你途中出了车祸，在机场带的如意文物被扣要罚款，母亲做寿要祝贺……只是绝对没有嫖娼不幸被抓公安局要你汇款捞人。哈哈！骗子们已经瞄上了感情空白恨嫁心切的女人，如果你的注册资料显示有房有车就更危险了。

骗色事小，结婚未遂也事小，就当对方是个送外卖的，床上表现好的话，也算不亏。可是女人们一定要把钱包捂紧了，哪怕对方风度翩翩，嘴比蜜甜，也不能把此类婚骗消费当公益事业了。

随手拍，求解救

刚从随手拍照解救乞讨儿童的苦难感中缓过劲，忽如一夜春风来，满眼都是随手拍。随手拍解救大龄男青年，随手拍解救大龄女青年，一双双比希望工程还渴望的眼神啊，都写着三个字：求解救。

这么有喜感的活动是由情人节应运而生的，网络社交平台展示了它的组织力量。Facebook去年曾作数据统计：百分之六十的单身女性信任Facebook是他们认识和约会单身男性的最好工具。而单身男性有百分之六十五如此认为。虽然数据也显示每年的3月以后，是情侣分手高峰期，可短暂的单身状态改写仍具有相当的吸引力。

这在微博流行的中国，表现出新的行动力和互助精神。那些在严肃婚恋网站和一夜情盛行的交友网站上，散兵游勇奋战多年的单身男女，找到了集体温暖。被物质要求压抑的男子，和不满于求欢不求爱的女子，试图寻找一个轻松的平衡点。随手拍个照，随意拍个拖，解救一时算一时。

第一类是把哥们闺蜜"推下水"者，充满限时抢购的煽动性：

"该男青年不尿炕。学小语种。为人靠谱。对姑娘特别温柔有礼。擅长照顾人。在中国和非洲之间架起了友谊的桥梁。摩羯座。超瘦。有没有腹肌没问过。随和，幽默。求解救。再不扑倒他就去安哥拉。"随手奉上单身青年的四格表情图，生动可爱的脸上还长满青春痘。

第二类是"自告奋勇"者。有着店小不欺客的真诚告示："神马月老啊红娘啊丘比特啊包括人贩子啊，都来关照一下这个不算大龄但也老大不小的妞吧，一个长的表象很女人其实有点儿爷们儿性格的狮子座女人，热情奔放，大大咧咧不拘小节，为啥就没人把我收了呢？"配图除了风格造型还突出曲线美。

围观转发者除了本着不负责的立场，更有品头论足的欢乐。我就干了桩缺德的事，看到一个五官端正家世良好还会弹钢琴身高一米八的男子，禁不住问了句："是什么缺陷让你剩下呢？"结果follow者跟风而上，摆出"非诚勿扰"的毒舌，有谈其衣服没熨好，有暗示其性能力不佳，一转眼只见原帖删为空白。哎呀，友曰：原来他的缺陷是耐受力差。就这样，断送了一个大好青年求解救的机会。

一场轰轰烈烈的随手拍求解救运动，正在演变成娱乐秀。"不积口德"者说："参与这种无聊甚至有点冷血的'活动'的女人，没胸更没脑。别说好男人，就是人贩子也不会对其产生性趣。"在这种腹黑思想下，等待解救的"剩女"被打击到风口浪尖上。而更多不需解救的妙龄少女方队杀进场，像要扰乱游戏规则，又或期待星探发掘。来势汹汹如斯：身高一米六五，芳龄二十多，小好杯中物，精通马吊之术，屡败屡战，立志要将此国粹发扬光大，仅限男人，年龄不限，身高一米八七以上。

这样的狂欢盛宴，积极意义是单身男女超脱了"严肃"婚恋观。他们不拘于180-180-180的金科玉律，她们也不是非房车勿近，只顾蓬蓬勃勃地发出需求信号。但热情过度的组织，又成了眼球效应的膜拜者，重炒作轻诚意，犹如打造明星会员。

于是戏仿跟风而上，隔壁MM家的美短豹点直男白羊座猫咪也上随手拍求解救了，直言耐摸耐玩耐蹂躏，不吵不闹陪睡觉，爱生活爱姑娘爱按摩！

热门中国剩女

"如果三十五岁以前嫁不成中国人，三十五岁以后就考虑嫁老外了。"说这话不是开玩笑，也不是空穴来风。当国人把二十八岁以上的女性视作剩女，并对择偶挑剔的女性加以嘲讽："你现在需要的是救生圈，就先别挑颜色了。"西方人却不以为然，在他们眼中，剩女美丽期延长了十年至十五年。年过三十的女人正值黄金期，有挑选不同品种男人的资格，加上这些年"中国制造"的流行，不但海外华人女性受宠，老外们还抢滩中国争相和"剩女"约会了。

最近我和女友乐此不彼地在一个交友网站上玩，它与国内婚恋网站最大不同是，有很多生活在中国的老外。他们充满好奇和热情地想认识中国妞，下至二十岁，上至四十岁，都是热门人选。开始时，我出于剩女身份的顾忌，把年龄修改为二十八岁，一个和我约会的二十五岁法国小伙知道真实年龄后大为不解："你为什么要撒谎？"我说："因为根据过往经验，如果我把年龄写到三十岁以上，会招来很多或者离异，或者丧偶，或者寻找婚外情的老男人，他们会认为你这样的剩女只剩这样的选择空间了，但实际上，我更喜欢年纪相当或者更年轻的单身男士。"他听完拉起我的手笑道："哦，奶奶！年龄不是问题。"

是的，你会发现，活在国人剩女论阴影下的女性，在这如鱼得水起来。很多长相迷人的意大利人、美国人、法国人、西班牙人，他们直言喜欢成熟的女生，相比年龄、见识和阅历，兴趣和爱好显得更重要。我那位三十八岁的女友凭着她情感专家的眼光，还有很多新发现："内地的搭话方式跟老外的搭话方式太不一样了。昨天一个老外邀请我去他的城市，说要做饭给我吃，而一个内地男人却说我所在城市乱乱的，比他的城市差多了；内地男人看到我照片，首先注意的是我的相机，说比他的数码相机好，而老外搭讪首先是赞美我漂亮……"

当然，我并不是说交友网站上的老外就很靠谱，但至少更为诚恳和注重社交礼仪。也许是他们认为中国制造的女性本质上要传统一些，或者认为约会需要有个尊重女性的前提。我以"你在这里寻找什么？"作为主题，并大胆直接地提出性的要求时，老外的反应和中国男人也不同。比如一个在清华任教长得像马克思的家伙和我搭讪，我问他一夜情吗？他生气起来，说他是欣赏中国女性，并希望找到一个爱人，不是找性伙伴，还balabala批判社会变化太快；又比如一个意大利摄影师，他说他是寻找好玩的中国人，拍照记录他们的生活，我说："哦，我喜欢拍裸照，如果你跟我上床，我就给你拍。"他非常无奈地解释："我也很喜欢做爱，但我拍照不是为了性爱，我更想和你在咖啡馆聊天，了解你的心灵。"他说一不二，富有气节的样子，让我直乐。而同样的中国男人出现在交友网站上，不论婚否，如果你说要一夜情，他们十有八九大为欣喜，若不需要共进晚餐就上床更好了。

　　当我说完这些故事，有的剩女朋友也心动起来。姑且不论崇洋媚外了，当舆论把中国剩女逼进救生圈，自然也离剩女输出国不远。也许不久的将来，移民中国也会成为老外的热门，本土男人就等着优胜劣汰吧。

有身段的文艺剩女

在2010年的最后一夜，我感到一种灭顶之灾。因为多年前，有个大师对我说，你在2010年有最后一次结婚机会，而我眼看就要成齐天大剩了。热心的好友为扭转乾坤，竟立刻发来私信："你觉得L怎样，如果可以我让他火速赶来北京！"激动，却不敢接招，只好礼貌地答道："谢谢，他不会喜欢我。"

这年头，谁会喜欢一个马上就文艺女中年的剩女呢？也不是没有和命运抗争过，我还上过婚恋交友网站，花过二百四十八元买年费会员，事实却比霜冻打击还惨。百分之九十九的问题出在文艺剩女的"身段"上。

首先，你知道，文艺女爱浪漫爱幻想。在邮件相亲的岁月里，我曾经遇到一个海归博士后。照片上的他桀骜而沧桑，但打动我的是，他擅长写文笔细腻的书信。比如会忧伤地说起他年少时大院里的一只三黄猫，也会说到最近的一场大雪，"昨天的雪下得又大又绒，可以和恋人滚直径一米的雪球，然后再温暖相依。"为了显现我的文艺才华，我还写诗一样问他："人七年就会换一次细胞，变成另一个人是吗？"他像生物学家一样回答："女长十八变，越变越好看。按您的说法女孩子可以活到一百二十六岁。男人不同，虽然细胞也在不断地分裂、替代，可万变不离其宗，DNA一点都不变，从小看到，总的格局和三岁时出入不大。"对于我这样小时缺钙，长大缺爱的女子，瞬间迷上了若即若离的书信恋爱。虽然他一再提醒，我们该见面了，我却在心里对自己说："如果能坚持通到一百封信，我就嫁给他！"结果到第七封信，他就戛然而止了，他说，他无法和一个不真实的女人恋爱！

可是我真实吗？我相当真实，真实的我不会做饭，不爱生孩子，还一点儿也不想妥协。后来我在"真实"上屡战屡败。很快我遇到了一个会拉小提琴会弹钢琴的摄像师，他给我看了很多他的生活照，古典风格装潢的家居里，绅士优雅的他，坐在一架钢琴面前，看起来像油画一样。他说，你来和我一起生活，我弹琴给你听，你给我做饭。做饭？！我眼前立刻冒出一个女仆装的主妇，在厨房里叮当作响地斩切着飞禽走兽的躯干和蔬菜瓜果的身体，与他的琴声交相辉映，这就是他想象中的家庭生活？我说：可是我不会做饭。"女人怎么可以不会做饭呢？做饭是件很美好的事，你要享受它！""可是我不能天天做饭，我们能请一个保姆吗？""为什么要请保姆，二人世界才是真正的过日子！"这番家务事唇枪舌剑的后果便是不欢而散。我一直不明白，男人以艺术诱惑煮饭婆是怎么回事，横竖想不通。我告诉自己：因为你心里没有爱。

那我的爱到底是什么啊？我的朋友也恶狠狠地质问过我：除了性，你能提供什么？本来我想说，我有独立的经济能力，有独立的人格，有聪颖的头脑，有单纯的心灵……可这些和男人有半毛钱关系吗？就像詹姆斯梅刻薄地说道："现在的男人是没有用的男人，他们不会熨衬衫，不会修自行车，他们连起螺丝钉都不会；女人读书比男人好，开车比男人强，男人最后就沦为了一个高级的常温精子储存器。"我实际也是个没有用的女人，我觉得自己还不错，可是没有什么实际用处，连作为生育工具的功能都想省略。

二十有钱，四十有爱

看见一个别致的店面，左边挂一布幌"妙手回春"，右边一布幌，则写着斗大的"药"。这并不是哪个老中医坐台把脉的药店，而是一家创意时装店。寓意可谓深长，当你的春天走远，美丽衣裳可让你再次绽放，做个甜心俏佳人。男人不过是药渣？衣服才是药？

衣服之于女人，确实有锦上添花的神功，爱衣之切就像美国做的一个调查：如果十八个月不做爱，换来一柜子的新衣服，你愿意吗？几乎所有女人都"Yes，I do"。男人说女人如衣服，女人却看男人连衣服都不如。性福什么的都是浮云，短短十八个月后，就可以穿着一柜子新衣服去狂欢，去约会了，女人心想。但是，有的女人又发出回春无力的感叹：年轻时有身材，没钱买好衣服穿，到有钱买衣服时，却没身材穿了。

是啊，女性作家常说女人二十岁要有爱，四十岁要有钱，想象迟暮之年，钱包鼓鼓，自信满满，可以自由地去做爱做的事，不受经济困扰。转念一想，其实二十岁有钱，四十岁有爱才是难得人生。因为年轻时可以不被钱诱惑，挽着个大腹便便的阔佬假装幸福；可以独立行走在宽广的世界为所欲为，追求自己的理想而精神富足。到了迟暮之年，却不因容颜的衰老而患得患失，有份让你气定神闲的爱情，在浪漫簇拥中享受成熟阶段的美妙，而不是在弃妇抑或剩女的角色之中辗转。

毋庸置疑，女人年长时，比年轻时，更需要爱。若说回春有力，爱比一柜子的新衣服更是良药。我看到了太多大龄女友在其富足之后，与男人绝然相反的处境。比如单身女金领，职位的上升伴随鱼尾纹的添加，当好友相约去三里屯的酒吧撒欢，兴致盎然一番打扮后却犹豫起来，"哇，酒吧里满是90后小精灵美女，裙子短短，领口低低，男人都围着她们转，你不怕一晚坐冷板凳，还被人嘘哪里来的老女人如此落寞？""世事无绝对，熟女也可能有艳遇，可艳遇就是被哪个老外拉进厕所苟合偷欢，你真会觉得好玩？"这都不是她要的，虽然她说起闺蜜和健身教练的合体之欢也想豁出去一把。

中年之爱，是男之天堂，女之末路。五十岁的欧阳震华和金发女郎拖拖手也能不忌讳已婚身份地被冠以"再谈恋爱"的美名，我不到四十的女友穿着体面，开着宝马，却没一个阳光男孩和她正儿八经地谈恋爱，偶尔可以吃饭看戏，掂量着穿平底老款泳衣还是比基尼去泡温泉的，还是暧昧中的离异男。而缺爱的她还在为买个两百平米的豪宅奋斗，说为以后的家庭作准备。朋友调侃："你快把宝马送我，打车去上班吧，这样就有人敢泡你了。"哦，女人四十岁不能再把钱当作努力的方向，"要装穷是吧？可我有能力赚钱总不能不赚啊。"人们会说四十岁有爱才是成功。

我曾问一个90后女孩和可以当她父亲的男人谈恋爱什么感觉？

她说不光是中国，国外的女孩也这样，和老男人谈恋爱是一种生活方式。那什么时候，和"老女人"谈恋爱才能成为一种生活方式，而不是提供一屋子的衣服让她去购买呢？女人在年轻时为一只爱马仕包付出了爱，不再年轻时却用十只爱马仕包也换不回爱，这是通胀理论都难以解释的问题。

Part 9

>>> 婚姻如战场 >

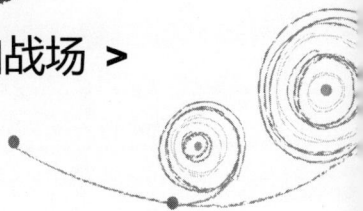

小三历险记

　　听说某地成立反小三联盟，老大们联合行动，跟踪汇报，互通信息，比私家侦探还敬业。嗯，小三如此泛滥了，说明自由恋爱要冲破道德藩篱了，但行业联盟的出现，也说明未来的道路更为险恶了。作为无法被社会认同的人群，她们必然要冒着很大的风险为爱和自由竞争，赚少赔多也只能冷暖自知。人人身边都有个小三，和那些戴着镣铐跳舞的男人共舞真的那么有趣？

　　大中午的，谈兴颇浓的哥们就按捺不住要和我们分享他昨晚泡吧听来的一箩筐八卦。小三历险记由此拉开帷幕，此间的小三都并非要拆婚分家产，甚至连转正欲望都没有的性情女子。话说一女爱上了一已婚男，男的也很爱她，热恋之时，在外共筑爱巢，男的一星期才回家拜见老大一次。于是，不得了了，某日小三和爱人正在做饭，敲门声如雷响起，说是收电费的。小三一听不妙，只穿了个小内裤和小吊带就从一楼出租屋的窗户爬了出来，如从淫窝逃生的不幸女子，站在街上狂呼兄弟姐妹给送衣服来。而那边厢，老大已带了一众亲友砸屋子，她的衣服连同LV包被剪个稀烂。末了，老大和小三在警察局里相对，小三凭着兰花之舌，让老大同意赔偿了一万。那后来呢，八友们很关心历此磨难，小三有否成正果。当然没有，几个月后，小三怀孕了，男人不敢露面，给了钱让她自己去做手术。她住在医院过道里，愤从心来，决定用最残酷的方式惩罚这个男人，就是出国，永远消失。男人请遍她每个朋友吃饭，都打听不到下落，颓然地要在车里自杀，小三只狠狠地说了一句："别溅我一身！"众友鼓掌，离席。

相比这个刚烈的小三，另一个小三故事就有舒淇式的凄美。还在小姑娘时，就爱了一个已有双胞胎孩子的男人，她迷恋他的淡定优雅，但从不忍心要他离婚，整整六年，就这样偷偷地爱着，直到一天，她想过一种正常生活，于是挑了个人结婚了。怀孕八个月，男人从北京去上海看她，摸摸她的头，捏捏她的鼻子，对她说："你知道吗？你真的很美丽，而且现在长大了，要做妈妈了，不能再任性，要照顾好自己。"她感动得想哭。如今八年过去了，她依然要每天收到他一条短信才能安心，然后两个月还会见一面。我们都说这个男人太容易当了，红玫瑰白玫瑰，一花不少，而痴情小三的格局是：不傻套不到狼，傻了只能喂狼。

此刻，忽然收到一女友的信息，说她前天和初恋男友约会，被他的老婆猜疑了，怎么办？我说你保持冷静，被杀上门再说。唉，当年爱得死去活来未嫁他，如今却燃起私通的热情，这样的复合型小三快赶上连续剧了。爱太美，生活太闷，谁能不折腾。

美丽帮凶

他发来一个笑脸："今天去干什么了？晒得像蔫萝卜似的。""你又偶遇我了，在马路上？"这是神秘男子与我的第三次"偶遇"了，与以往不同的是，他不再冒昧地叫我名字，说怕我回应。实际上，我已经悍然理性，自从发现他的相册里有几张与娇美女子的合影，便洞悉了他名草有主的身份，而放弃玩火游戏。

但你退我进的男女规律，反而让他萌发兴致。他毫不避嫌地说："不如你俩见一面。""为什么啊？""这样，她对你就没有戒心了。"原来，真有人喜欢"明修栈道"，以为用了障眼法，便可"暗渡陈仓"。可这分明是笨拙的手法，女人的第六感才不买你的账呢。

有个女友与前男友分手数年后，仍耿耿于被耍的经历。"想想就气愤，她假装热情地找我逛街，我还带她去看了'他们'的新房子。"彼时怎知不明女子竟是男友的新欢，更不知同居的新房未几便换了女主人，而那个她参观厅堂卧室，看着舒服大床时，连换上什么样的床单都想过了吧？

年少轻狂时，我也曾颇有兴趣与他的她会晤。可能地下情在暗地里滋生出的小火苗，始终有点不甘心看不见摸不着"对手"存在的情形，却又没有公然夺爱的彪悍，于是戴上一副好友面具，与她私下约会。

　　当事的男主角，安排这样的危险约会，自然有些忐忑。怕两个女子联合策反，把虚伪的他潇洒撇下；又或是怕她们试探出爱的深浅，两败俱伤。于是那一天，他把我送到她的面前，转身而去；而她淡定地要了两瓶啤酒，约着去地下道坐着谈心。由于答应了他，绝口不提与他发生的关系，我温和谦卑地像个旁观者。可她显然有些忧愁，一口一口地喝酒，然后问我："你喜欢他吗？""喜欢，但他是你的。"她把酒递给我，我也就这么喝下去。

　　把酒言欢后，我们竟保持了一段时间友谊，有时还私下互发短信。每当她有担忧，我便善解人意地说，我和你们不在一个城市，没事的。男主角也一度天真地以为两个女子可以携手看风景。直到某天，我对这个越来越大的骗局生出异心，再也不愿表演下去。结局呢，听到电话那头一声尖叫，她冲进了厨房拿刀。

　　过了很多年，我仍会想，是出轨对她的伤害大，还是我没有坚持到底的谎言。虽然他对我留下最后一句"我不能失去我的小女孩"，便杳无音讯，再听闻时已是他们移居法国。

　　其实她，是个非常单纯的女孩，她愿意相信一切美好的东西，如果那一天，我们并肩坐在地下道，喝得再多一些，真的成为朋友也说不定。可是，男女关系终究是独木桥，一个人坚持在桥上，另一个人只能跳下河去。当两个女子挤在独木桥上时，又有谁能明白美丽水面潜藏的帮凶心情。

捉奸的脆弱

"年年收礼物,今年特别多。"一早起来,看见某名人之妻在微博上直播捉奸事件,围观者众。到下午名人发表声明,说小三是神赐给他的礼物,是他用半生时间寻找到的最爱;到晚上大奶爆料说你当初也说我是神赐的,你下跪说的,我还是同情的。据说该名人之前也有过一次婚姻,也有过婚外情,也被捉过奸。这么看起来,他一直有如神助,个个都是神赐的礼物,让人羡慕嫉妒恨。

由于是微博直播,当事人的语气也富有现场感,显示了礼物之间对决的力量。比如看到男人和小三裸睡在床,大奶几乎崩溃,小三淡定地说:"我没有道德洁癖,你怎么了?"他也轻描淡写:"看到又如何,所有东西一人一半。"之后两个人翻旧账,男主角着力粉碎吃软饭的谣言,晒工作收入,晒卖房所得,晒为画廊的投资,执着一句画家大奶几年来只卖出一幅价值四千块钱的画。不过是捏着他的工资卡,为他买了套两万元的西装(折扣价六千块)。相比之下,大奶却一时晒不出包养男人的账单,只说自己的油画标价五万到十二万。

真有趣。张爱玲说"婚姻是长期的卖淫",到了这对夫妻身上,是争论到底谁长期包养了谁。倒是信奉自由主义的小三,一路来在微博发表她的哲学观点:1. 婚姻制度剥夺了个人财产,变成了家庭公有制。对婚姻法的支持,就是对小规模共产主义的支持;2. 所谓爱情,就是找到一个能进行满意性交的挚友,与其共同享受肉体交流和思想交流所带来的快感;3. 很多女人因为经济和认识的不平等,只好用爱来强加解释,她们不懂得独立的快乐只愿意依附他人,这是一种莫大的悲哀;4.有些女人看到老公婚外恋就要死要活,不代表她爱老公,而是代表她担心被遗弃,尤其是一夫一妻的社会。

基本上,她是个反一夫一妻制者,也是身体力行的实践者,这一次介入他人婚姻也可看作她的行为艺术,想凭此传播思想和推动社会变革也不定。所以有肉体的小三不可怕,有思想的小三才更具破坏力。站在传统价值对立面的她,也未必多爱这个男人,她只是个爱谁谁的游戏者,并非要用毕生赌注去抢一个饭票,而是骚扰一下一夫一妻制婚姻,看其中的脆弱者鸡飞狗跳,有种娱乐至上的感觉。

至于把丈夫当作私有财产的女人,是开不起这样的玩笑的。比如这样对话:"你是想找个男人当依靠吗?他的财产都在我手中,你觉得他给你的承诺可能吗?""男人家财多少关女人啥事儿?男人对女人来说就是一次性用品,难道还能长期使用?"当大奶如临大敌,小三弹指一笑,哦,我另有所爱。两个不同诉求的女人,如此交手类似对牛弹琴。

对七年之痒的男人来说,自由主义小三倒真是神赐礼物,因为他怕被女人长期控制,他想享受女人的情和欲,而不是交出工资卡。如果一个女人对他说：我来解放你，到自由至上的天地去。他会不胜感激，哪怕只当一次性用品。

只是彻底的自由主义，是男人的胜利，还是女人的胜利，难以定论。破坏传统女人捍卫的私权，有时只是纵容了男人的私权。他不会把女人内部的决裂看作自由之路的牺牲，只会坐收渔翁之利地等神的礼物。真是神的悲哀。

美妻无用论

娱乐圈小饭局上，哥们正手舞足蹈说着段子，接到一电话，脸色晴转多云，大吼："我跟朋友在一起，不是你想什么时候见我就什么时候见！"啪地掐断。冷场几秒，朋友忍不住问："媳妇回来了？你还不赶紧回家？"哥们坚决说不。猛灌几杯酒，诉说娶一个美女做老婆的痛苦。

"前年结婚，婚礼你们也去了，场面何等风光，她也觉得自己是最幸福的人。这两年，她不想做的事，我全都没让她做。谈恋爱时，她做过一顿饭，做得很好吃，但她说，做家务伤手，要我答应婚后不让她做饭。我想她是个手模，保养很重要，结婚后真的没让她下过一天厨房。她呢，什么都不用做，却爱琢磨，觉得不宠她了，不爱她了，动不动就离家出走……"

后来我在电视的嘉宾席上，每看到这位名牌加身、头衔多多的哥们，就莫名地有些同情：他回家没饭吃。如同某些事业成功、呼风唤雨的男人回到家中一无是处。某些走在街上回头率百分百、一颦一笑都能引起蝴蝶效应的美女，一旦成为家里的花瓶，也失去生趣。而最残忍的是时间，时间让一切审美疲劳，眼中的美女逐渐变成平常人，继而变成比平常人缺点要多的人，最后变成比黄脸婆还讨嫌的人。这个时间大概多久？我问另一个娶美女为妻，却无限期分居的哥们，他回答：两年。

"真是没天理，美女也有保质期危机？！""女人都一样，再漂亮的女人过了两年也如左手握右手。""嗯哼，你的意思是，娶了美女老婆后也一样想逃出围城，看见路上再平常的女子都觉得诱惑？""差不多。"男人大言不惭，但在美妻特例上，他们更充满投资过大，而产品不再升值的现实懊恼。

"你只要漂漂亮亮地过着就好了，不要做自己不擅长的事。"那是哄美女开心说的话。当你精心地涂了半天的指甲油而不洗一只碗时，他觉得穿围裙的保姆更顺眼。曾受控于美女特权的男子，造反起来牢骚满腹。比如一个在失意期与漂亮妻子离婚的男人，得出美女败家的结论，"她不能吃苦，又比平常人更多物欲，她穿什么衣服都很好看，不给她买就像委屈了她，更可怕的是，你还心甘情愿地去满足，直到觉得自己无能为力。"

而相貌中下的女友在美妻无用论中找到了平衡，说谁家的男人不亦乐乎地和她聊天，热心解答各种问题，把美女老婆晾在一边，连电脑坏了都不帮她修。"他说是为了不让老婆依赖他。"真是讽刺，他摘取了众星供月的那个月亮，却站在高高的云端，忽然垂恋四下的星空，最后让月亮把每颗星星都当作假想敌。

倒是梁家辉提供了美妻有用的模范境界，他说：岁月流逝，男人也许能在时光的磨砺中越来越有味道，而女人的容貌，却在操持家务的油烟味中变老了。女人老了的时候，丈夫出名了，女儿也长大了。我太太年轻时是个漂亮的女孩，现在她在我心目中越来越美了。有时我会在她睡着时偷偷看她两眼，心里有种温存的东西在流淌：这是给我梁家辉家庭的女人啊。

然后大家看着他挽着臃肿老态再找不出当年人人喝彩的模样的太太，想象美女熬成婆是如何一种修得正果的脱胎换骨。

家有余粮

和良家男女聊天，调侃起来像粮食管理中心。临睡前的结束语更是形象生动，"我要去收粮了！"幸福小女人带着多收三五斗的自豪；"我得早睡，养精蓄锐，明天好好交粮。"这个哥们储粮有方，鞠躬尽瘁。偶尔，也谈论谁家有余粮，谁去帮忙收，一幅收获季节的繁荣景象。可现实生活中，余粮管理问题真是家家有本难念的经。

十几年前，诗人顾城杀妻后自杀的事情一度轰动，相比他的诗歌成就，更具八卦价值的便是他们家的"粮食"问题。当时在我单纯内心里最震撼的一件事，是在新西兰小岛上，顾城和美丽大度的妻子、浪漫叛逆的情人，同居共处。而妻子接纳他的情人，竟然还细心地为他准备避孕套。我难以揣测顾城妻子的想法，是出于溺爱，还是无奈之余的管理，但这个做法放到今天，仍是惹人争议。

众所周知，一夫一妻制的基本操守就是忠贞。忠贞体现为，你是我的，你的身心也完全属于我，你没有随便处置"粮食"的权利。即使你尽了夫妻性事义务后，仍有多余的精力和想法，也不可作为，否则我就跟你急。这样的严格管理和把控，很像计划经济时代的粮食分配，供需凭票，而无旁门邪道。相应于那个时代的婚姻，结婚证也是交粮和收粮的唯一合格证，家庭主妇们，恐怕连"余粮"概念也没有的。

可市场冲击波还是不可阻止地到来了，婚姻中的男女，不再有旱涝保收的安全感。家中粮仓一旦出现波动，"你的粮食交到哪里去了"成为纠结的追问。因为去处太多，外面的桑拿洗浴，年轻疯狂的小三，都是抢收者，更何况他们无需凭票。

结果怎样呢？合法收粮者也出现了松动策略。有个哥们跟我讲，那一年孩子刚出生，但又有个很好的去外地工作的机会，他很犹豫地与妻子商量，不料妻子温婉体贴地说："你去吧，家里有我，在外面实在忍不住时，要记得戴套。"哥们顿然哑口，差点泪流。而现在，貌似越来越多的良家，提高了她们的底线：你可以喝花酒，但不可以找二奶。消费式的余粮处置如此被默许，动你的粮，只要别动你的感情。

堵与疏的管理哲学，在新式婚姻关系派上了用场，可女人到底是要维护自己的控制欲。于是她们发起了出粮许可证，有人在老公出差时，悄悄在他行李里塞一盒安全套，有人竟还为老公安排第三者约会，像资格审核般，授权某个第三方收粮。男人一时又惆怅起来，你对我这么大方，是不是也打算去外面收点新鲜的粮食，调剂七年之痒后的胃口？

答案也像"人有多大胆，地有多高产"，一个女友带着新男友与老公摊牌离婚时，她老公只能对接班人最后耍一次威风：好好对她，不然饶不了你！

心中有罪

一个倒霉的哥们跟我们分享他的偷情经历，直呼女人的第六感太灵了，"我老婆气场太大，我每次带女孩子出去吃个饭，就是有想法的那种，或者是老情人，车都会出故障。两次在山路抛锚，一次在路中心，我把烂车推到路边，腰都快断了。"听得我们哈哈大笑，你老婆是不是给你下了咒啊？他苦恼：怎样才能去除罪恶感？

唉，心中有鬼，所以心中有罪。如果偷情不需付出心理成本，也就不刺激了吧？可是，真的不好玩，哥们继续大倒苦水，"有一次在酒店，我都开始脱衣服了。突然老婆的电话来了，我立马'嗖'地蹦起来，还很有礼貌说了一句，sorry，然后夺门而出。"故事告诉我们，没有不想偷腥的男人，只有胆小的男人。

男人的guilty感是个很微妙的东西，有时是撒谎的借口，有时是逃避的盾牌，有时又是冒险的快感。不管是在一夜情的床上，还是一段情人关系之后的空虚，挥之不去的guilty感都会把他打回原形。严重的时候，是心有余力不足，借着点酒精，借着点胆量上了床，才发现不举；就算暂时人格分裂成功，事后也会在心里跟神父说着悄悄话，赎罪般跑回家对老婆大献殷勤。

　　所以偷情这样不道德的事，又会变成男人产生提升道德指数的成就感。你看，不管我跑出去做了什么，我还是回到你身边，我从没爱上别的女人；你看，不管我经受多少考验，我还是会怕倒霉，会更珍惜眼前的幸福。我只是经常要跟心里的魔鬼搏斗，但结果都是邪不能胜正。面对一个时常有guilty感的男人，情人也会伟大了起来。你不是在破坏社会秩序，你是在拯救偶尔犯错的男人，并让夫妻恩爱更上一层楼。

　　关于这个悖论，女友给我讲了《老友记》里的故事，"看Friends里Joey发现他爸和一老女人有一腿，就要求他爸和那妞分手。结果他妈跑来跟他急了，说你爸自从有了那一腿后就觉得亏欠我，对我比以前好百倍，你要敢让他们分手我就跟你没完。"

　　哈哈，这种雷锋角色我也当过。话说当年跟一个有家室的男人经常偷情，有次他电话响了也没接，完事后才镇静地打回去，说："刚才我在公车上太吵，没听见，你别担心，我很好。"当时，我有个很恶作剧的念头，就是把装着精液的避孕套快递给他老婆，揭穿他的谎言。但是过了一年，某次饭局上偶遇这对夫妇，看着他们恩爱无比的样子，我又庆幸没有一时冲动。因为我想啊，我没做那个小孩子，而成了给他们做皇帝新装的人。

　　于是我安慰那个苦于心中无法去除罪恶感的哥们，没事，罪恶感是爱的源泉，心中越有罪，才越有爱，戴着镣铐跳舞也是一种美啊。反正总有源源不断的雷锋们，陪你们练习guilty剧情，集集都无奈，集集都精彩。

不道德的交易

"我认为如果我和韦恩真的分开了，他将会很难找到另一个真正信任的人。"科琳说，"我指的是，一个不是因为他是足球明星韦恩·鲁尼，才跟他在一起的女孩。"这位青梅竹马的球星原配，在鲁尼"召妓门"后说了令人感慨的话，有真爱，也有天主教徒的包容。并且在受到严重伤害后，暂时选择了原谅，以恩爱亲吻的镜头为鲁尼救场。

虽然鲁尼在多年前已有一次召妓丑闻的演习，被人视作"惯犯"。但在召妓合法的国度，道德不过是件犯错然后道歉的事。本来妓女在做她赚钱的工作，但二十一岁的珍妮对钓大鱼有着浓厚兴趣，《镜报》披露，珍妮和多个英超球星有过"买卖"，其中一人还给她买了一块价值七千五百英镑的名表；她的同伴，这次召妓风波中的二十三岁的单身妈妈海伦也被指与大约跟二十个英超球星有染，朋友形容"她觉得自己就是个顶级太太团成员。"

本来这也是井水不犯河水的，妓女追星同时收取每次交易一千二百英镑的高额报酬。只是女人的虚荣心让她们忘记职业操守，每钓到一条大鱼就会夸夸其谈，四处传播邂逅和交易细节。她们在和鲁尼玩一场恶作剧，当珍妮收到鲁尼的短信赴约，她带上了同伴海伦，海伦还在桌上打开手机偷偷录下性爱的画面。然后珍妮开玩笑要向媒体爆料而惹鲁尼抓狂，又看着鲁尼羞愧地说起妻子科琳："如果她只是我的女朋友，我不会烦恼，但她已经是我的妻子，她还怀了我的孩子。我在做什么？"

若你认为鲁尼在忏悔博取同情，更巧的珍妮在接受采访时，也提到"良心"。鲁尼要带她回家，她告诉他："不，我不能那么做！"她说："在我看来，在老婆怀孕时把一个妓女带回你俩夫妇的家里，是太过分的行为。尤其是，你本来有很多地方可以满足你的欲望的前提下还这么做……他似乎对自己的行为对妻子的伤害没有任何想法。有很多次，我真的需要跟自己的良心搏斗。"

真是要命，在一场不道德交易中，鲁尼甚至触犯了妓女的社会道德底线，不知道说他蠢好，还是要夸西方的道德秩序完美。虽然鲁尼有着前科，他却对妓女的职业道德心存侥幸，相信她们能够尊重为客户保密的原则，并在这原则下做他随心所欲的事；而科琳选择原谅时所指的"很难找到另一个真正信任的人"也有对告密者的谴责味道，仿佛鲁尼是个无知上当的小孩，全世界挖着陷阱等他跳。

在充满合约精神的西方社会里，出卖客户是不耻的，因为你的工作给别人带来了麻烦，即使摆出揭穿名人道德面目的正义感；而社会道德最终是保护家庭至上，如果科琳原谅你，即使你召妓过百，也是你的私生活。

老虎伍兹的二十号情人已被妓院解雇，他前妻主动向媒体拯救前夫形象，告密的情妇纷纷不满，"钱可以买任何东西，包括沉默。"而鲁尼的珍妮和海伦失去"顶级太太团成员"的工作还公开道歉，是"封口费"使然，还是良知使然？不可而知。鲁尼再次浪子回头与家人团聚了，虽然要接受分居两室和不再去俱乐部鬼混的协议。"我相信你"四个字胜过一切，对我们这些在不靠谱社会里待久的人真是难以想象。

洋泾浜的家务事

　　以前我有个在外企做到中层的女友，在面试下属单位某个想晋升的女职员时，发现她有说谎的痕迹。在拒绝她后，给同行群发封邮件说明该女的劣迹，提醒同行勿予录用。当时我很惊诧，说这属于公司内部的私事吧，需要扩散到同行而兴师动众吗？她说同行们碰到类似事情也是群发邮件的，外企同盟更注重员工品质。

　　于是当我看到瑞信女PK渣打女的邮件门时，释然很多，人家外企是有群发邮件的习惯的，碰上家务事也给同行好友发个通告。这比一哭二闹三上吊的武斗，更显文斗功力。好事者将大奶Lily，也就是瑞信女的英文信全文和其丈夫的猛烈回复翻译成不同口语版本，甚至就四六级水平进行点评，指出丈夫的错漏百出，赞美大奶的范文里气势如虹的排比句。在普及英文的同时，让人分出高下，大奶的涵养怎么地也比那垃圾丈夫强多了。

　　人的八卦本能是不分层次和文化背景的，邮件的流出多半和其中某个收到邮件的人有关，一看是猛料，禁不住转发给邮件列表上的联系人。一传十，十传百，通过翻译，搞成了公开事件。万能的网友发扬人肉搜索精神，身为金融界高级白领的男主角和小三被搜出床照、工作照，甚至领奖照，公私信息曝露无遗，不知小三家门会不会遭见义勇为者泼粪呢？

本是一宗再普通不过的大奶PK小三事务，若非英文邮件流出的形式新鲜，挂在天涯也不见得有人关心。可这次的家长里短因为发生在操着Chinglish的主角身上，而让窥私者对中产阶级的婚姻不幸产生更多快感。你看人家一个带着孩子们去美国过圣诞，一个带着小三飞向普吉岛的海滩、曼谷的购物街去过圣诞，维持了十三年的表面风光背后除了心酸就是一地鸡毛，鸡毛起来却又比在公交车上撞见老公带着小三而扭打起来而更奢华高贵。

也许观众会期待英文邮件续集的流出，好知道小三是否穿上了Vera Wang婚纱，还去了夏威夷或者哪里度蜜月，而负气的大奶是否烧掉了"Devil"的衣服。总之同情、愤慨这些不时尚的心情被更西化的感觉淹没了。因为想必英文信写得那么好的大奶，也是个聪明能干风韵尤存的职业女性，纵使心被撕成碎片，也不至于是离开丈夫就没出路的黄脸婆。何况她陈述一切伤害后咬着牙说：我们都是女性，我们都应该得到幸福。

群发邮件本意是说明"you hurt me"，只有愚笨的丈夫会跳起来说，你不要纠缠。其实不管怎样，伤及妻子和孩子，是应该道歉的。受高等教育至此，连起码的外交辞令都不会，悍然昂首地让家务事成为国际笑话。如果我在外企公司的人事部，看到该丈夫如此没素质，大抵除了怀疑他的品质还要怀疑他的业务水平了。

虐恋与家暴

　　当我牙疼得言语困难时，一个女孩在诉说她的遭遇："今天被家暴了，老公掐我的脖子，掐到我昏迷过去。昏迷的时候，给我拍了好多裸照，从头到脚每个细节，还用铁链把我脚缠住……"闻者担心不已，劝说她离婚，但女孩接着说："当感觉被卡住脖子的意识一点点消失时，心里居然很高兴，能死在老公手里倒是意料之外的结局。"

　　于是大家开始犹疑，有人说："如果这是你的摇滚人生，你享受这种奇异，我也只能闭嘴。"有人说："你不是在求助，只是玩游戏高兴了。你一边享受被虐的乐趣，一边享受向人撒娇倾诉的乐趣。"还有人说："你这是斯德哥尔摩症，你对囚禁者产生依赖了。"是的，当事人的感受，让家暴变成了一种虐恋。虽然上一次家暴，她颈椎受伤差点瘫痪，并选择了离家出走。她心里希望和平解决，却又似乎接受老公的说辞。他说她童年残破，人生充满罪恶，他是在帮她消解。"我要是被碎尸装冰箱里就见不到大家了。"

对旁观者来说，好象是在看一部真实的虐恋小说。而我们出于惧怕和愤怒，依然无法接受用美好掩盖的家暴。就如小说《1Q84》里，青豆的好友被家暴残害到人生无望而选择自杀，自杀之前却包庇着不幸，拒绝外部世界的试图解救。可深受伤害的家人和亲友，展开了一系列精密的惩罚和报复计划。

这是一个沉重的话题，现实生活中，也不乏原本心理正常的女性，在遭遇家暴后，产生了情感分歧。比如有一个年轻貌美的上海姑娘，嫁了个具有博士学位教养良好的丈夫，大多数时候，他是外人眼中的绅士，她也享受着他为家庭的付出。不久他却露出难以克制的暴力倾向，失控时的打骂成了家常便饭。虽然每次家暴后，他又会无比虔诚地道歉和加倍温柔，但得到屈服和原谅后，又是变本加厉的虐待。她吓得躲到酒店去住，僵持一年后，终于离婚解脱。讽刺的是，解脱后的空虚，却让她对施暴的前夫难以割舍，她四处寻觅他的下落，在得知他有了新女友后，甚至心生妒忌，她不停问人：他真正爱的人是我对吗？她成了后知后觉的斯德哥尔摩症者，对加害人产生好感、依赖，重新想以爱来解释那一切，难以自拔。

激进的女权主义者始终是会把这些与男权社会联系起来，予以抨击和解救的，正如《1Q84》里的青豆和老太太所做的那样，她们痛恶男人的暴戾和控制手段。但根据金塞调查报告，有百分之二十的女性会因为虐恋行为动情，还有更多的女性有受虐倾向。多数人在拳头还没落下就会产生疼痛的反应，而少数人迷恋疼痛产生的快感。所以你看到这样的现象，当遭遇家暴的女性因恐惧和身体伤害而对外发出信号，真要去解救，她却又产生保护加害人并为之辩解的意识，而使你的行为变成对她虐恋享受的干涉。换句话说，她也许不过是在发出承受范围之外的预警，而视承受范围之内为私生活。

当我想批判女性的受虐倾向时，却发现其实我们是个充满虐恋情结的国度，一边指责着高房价的痛苦，一边做着推高房价的房奴；一边痛骂着暴力机器，一边维护着体制下的生存，如此泛滥强大的爱的斯德哥尔摩症候群，其实无解的。

男人也是战利品

表面上世界以男性为中心，其实也不尽然，因为男人也有颗俘虏的心，他们在寻找征服他们的女人。男人经常假设心目中的完美女人，并给他们分等级，比如他说：能在黑夜里诱惑男人的女人只是普通女人，能在白天引导男人的女人才是精品女人。我想与时俱进地补充一句：能把男人当作战利品的女人是极品女人。

日本作家村上龙早年写过一本叫《所有的男人都是消耗品》的书，他这样描述男人：想一想吧，军队就是男人。军队是最大的消耗品，军队是男性的。后方也很悲惨吧，尤其是打败仗，还有空袭，我觉得很残忍。但是男人更悲惨。

他自问自答：成为消耗品的男人怎么办才好呢？有办法战胜女人吗？这个答案，就是全人类所有的历史。艺术、经济、政治、宗教、法律、文学、建筑，这些历史，就是男人们"对母性的反叛"。靠这些，能战胜女人吗？不能战胜。

他这个观点，让女人听起来很受鼓舞。所以在和平年代，女人也容易超越道德地发动"战争"，用美貌，用智慧，用脆弱，用人性，有时甚至也用财富争夺男人。因为男人这支"军队"，征服过来，俘虏过来，可以为她作战，可以为她消耗，成为她的战利品。当然，前提是这不是一支无能的军队，而是有用的。

在过去，为爱情而战是女人的宣言，这个高尚的目的让她们的手段似乎得到合理解释。但现在女人更直接地表现为"为利益而战"了。说个通俗的小故事吧。一个女友在年轻时与男友深爱，视之为soulmate。但半路杀出一个弱女子，这个女子的柔弱和不独立唤起男人深层次的需要，让他感觉自己是更有用的军队，而原女友只给他战友般的爱。于是在成为谁的俘虏问题上，他纠结了起来，他没有出面，而是由两个女人去抉择。这时，弱女子对原女友摊牌：你有很好的工作，很强的能力，没有他你一样可以过得很好，而我只有他。女友在自尊和爱之间摇摆，岂料弱女子对她说：如果你能给我五十万，我可以退出。女友一气之下，拱手相让。让她跟价值五十万的战利品过去吧！

数字真是好玩的东西，而且女人越来越不顾忌了。十年前还是五十万的价值，十年后，估值就达到五百万。比如我认识一个女子成功让一个男人与原配离婚，她这么说：他花了五百万和太太离婚，我相信他是爱我的。前段时间，新闻里还出现富婆爱上医生，要用三千万买断他与原配的婚姻，而原配不从。有很多女人咋舌，可某著名女编剧对此发表看法：如果是我，最少得给三亿吧？三千万我能挣到。三亿，一次性买断婚龄，立刻签署下岗。

在过去，男人用金钱争夺女人是常有的事，如今女人也可以现实地开价了。过去，男人为了脱离原来的君主，是花钱为自己赎身。如今，他骤然发现，自己也可能是一夜身价暴涨的风投项目，可以等着被收购了。思维转变过来的女人还发现，原来男人不但是战利品，还是个可以上市流通的原始股，一日抛售满盘皆利。嗯，赶紧趁年轻入手一枚老公，兴许还能在抛售后又与他暗渡陈仓呢。后方厮杀可谓惨烈。

不要说女人变得不可爱了，正是女人的可爱，才使得男人的受俘之心更强大起来。

Part 10

>>> 婚姻论不尽 >

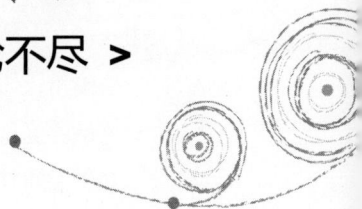

豪门与窄门

这边厢未入豪门梁洛施又生下一对双胞胎，被预计稳拿三亿资产；那边厢牵扯多年的贾静雯总算结束豪门婚姻，欲以放弃财产争夺女儿监护权。有人欢喜有人愁，女明星的幸福指数每天在风口浪尖上比赛，也晒出人间世相。

香港给人印象是个功利主义盛行的地方，媒体也不掩饰势利，如果你足够成功和有钱，就会得到尊重。同样的事情发生在有钱人身上和穷人的身上，得到的评价亦不同。比如未婚先育，本是令传统道德鄙夷的事，普通人家会被说道不自重不自爱，但要是跟了李嘉诚的儿子，便令人艳羡不已。探听着她收到多少处房产，管理着几位数的现金，夸她有心计会上位，母凭子贵，产出越大越风光，几乎可当每个有豪门梦少女的楷模。

但入得豪门还要入得窄门，也就是说，你要懂得潜规则。什么样的潜规则？就是你要适应支付你生活那个人、那个家族的要求和价值观。朱玲玲熬了多年终求解脱，梁洛施会否成为新典范，尚未知晓，而对岸的贾静雯是规则破坏者。夫家不满她婚后依然忙碌演艺事业，控诉她只有五分之一的时间陪女儿，还翻出她与内地男星的暧昧短信斥之不守妇道。其实同样情况发生在男人身上，他们会认为再正常不过。但对嫁入豪门的女人，如此自我地生活，难以容忍："我送了你五百万礼金和百万珠宝，还给你买了豪宅，你为什么要去工作呢？为什么不多陪女儿呢？"如果她答道你提供的衣食无忧荣华富贵无法取代我的自我价值和工作成就感，定会被问：那么你何苦嫁入豪门？为了证明不是爱钱，贾静雯愿意退回财产只要女儿，独立至此更伤了豪门自尊。

有时觉得台湾女艺人比香港带种，台湾也是女权更发达的地方。在香港，女明星嫁人息影是被视作修得正果，以嫁得好论成功，李嘉欣嫁入豪门在街上都会被老太太恭喜：李小姐不用出来做了。而在台湾，小S住着没写她名字的顶级豪宅，挺着大肚主持节目照样火辣。多年前，豪门遗孀许纯美不顾形象大玩男模，上电视真人秀也心无旁骛，乐得放肆。她们身在豪门，心无窄门，必要时候还会用法律手段保护自己，比如台湾女艺人王静莹嫁入豪门几年忙着打官司，被玻璃杯砸伤控家暴，发现车上被装窃听器控妨害秘密罪，发生口角则控同居虐待，选择过分居也选择过原谅复合，两个人多件官司互控，终以离婚收场。也许有人会说，不好好过日子瞎折腾，但一个女人可以把婚姻中的不满分门别类随时起诉，并得到相应法律支持，确实可喜啊。

为何论此门门道道，因为经济基础决定上层建筑，若先坏了豪门的规矩，拆掉男人自以为是的条条框框会更摧枯拉朽些。

新政害婚

　　房地产新政"国十条"甫一推出，民众叫好声没几天，叫苦声跟着来了。身居正热闹开世博会的高房价上海的女友说了段典型的话：很多人将永远买不起房了！尤其是那些夫妻两个是外地人，在上海结婚，还都在老家给父母按揭买房的，在上海再要买就算第三套了，要一次性付清。猴年马月才能有三百万买个够住的房啊！何况那时的房价天知道！

　　这事怎么办？父母辛苦一辈子，好不容易在老家给他们买了房，卖了于心何忍？不卖吧，夫妻俩蜗居在高租金的一线城市，怎么省吃俭用只能望楼兴叹，炒房者可以全款进出，工薪层家庭若想曲线救家，唯有先按个后退键：离！离了就能贷款百分之五十买下个人名下的第二套房，再按计划复婚。

　　果不其然，打击炒房的效果还没立竿见影，打击婚姻的新闻先小窗跳出来了：新政引发缓婚，假离婚潮，只为享受房贷优惠。恐怕世界上的婚姻，与房地产政策联系最紧密的当属中国，早在十几年前，为赶福利分房末班车，就掀起过假结婚潮。

彼时我还是个学生，就见到在机关工作的单身大师兄如热锅上的蚂蚁，眼看房子的名额快分完了，他还没找到对象，情急之下打起我的主意，双手奉上一个写着"灰色收入"的信封，却口讷。唉，彼时大学生还不允许结婚，我纵使有心也无力帮忙啊。后来他没分到房，薪水也微薄，混得也不如意，没几年黯然离职返乡。很多年不联系，不知书呆气的他后来当上房奴没，更戏剧化地一联想，倘若他孝顺地在家乡先给父母买了房，如今是否也正惆怅着要不要假离婚一把。

　　至于上次带着名下三套房相亲的高挑气质女，这回我也凭着新政春风揶揄起她：你结婚的事看来遥遥无期了，三个都是小房子，结婚了也住不下，而你一下把指标都占满了。跟你结婚买大房吧得全款，就算不买，还得帮你供房，还付房产税呢，跟你结婚多亏啊。横竖算起来，人家还不如找个多金无房女，你要嫁先变现吧。她哈哈大笑：房子不卖，养老用的，要是找不到有大房子的，就不嫁了。

　　进亦难，退亦难，房子如婚，幸福还没见到，先围城了。乐观者倒是开着玩笑：一直找不到离婚的理由，感谢新政，手续一下顺了。新政还规定不能提供一年以上当地纳税证明或社会保险缴纳证明的非本地居民不予贷款购房，这让我去年刚把旧房出手，准备今年换新房的自由职业夫妻朋友也杯具了，想过自由日子却要先找工作上税，不然哪来的回哪去，一不留神就被刷出城。这样一刷，又得刷出多少劳燕分飞。

　　这就是大时代吧，心中有需，手上无码。若"大快人心"的"国十条"没让死空头的老百姓盼到安身立命的那天，拆散一对算一对。

隐婚者隐于市

"一直以为她们是少女组合的成功代表。没想到事实真相是，一个是滥交的'傻天真'，一个是已婚少妇。"看到这句粉丝心声，深感娱乐圈人不容易，做人粉丝也不容易。作为不明真相的围观群众，在得到愚人节礼物的同时，也学会一个新名词：隐婚。相比隐婚第一人刘德华，基Sa更具戏剧性，没让大家看到婚礼盛大场面，就站在了离婚待定席。

若这则新闻是为炒作组合复出或是新戏，倒也情有可原，以前说分手不承认，说结婚不承认，现在说要离婚了，也是真假难辩。反正总要搞搞新意思，至于几时正式离婚，发不发通告，都是待定，说不定下次还复婚呢。

但何止明星，普通人的婚姻有时也扑朔迷离。我认识一个男人，才貌俱佳，在他住所里，找不出任何女主人的痕迹，左手无名指上也没套着戒指，不乏女人对他一见钟情。他身边的女友也更换如衣服，因为都在她们动心情，想要谈婚论嫁时，才发现这是个隐婚七年的男子。为什么隐得那么好，说起来他也有苦衷，几年前妻子因外遇离家出走，便杳无音讯，想找人离婚都找不着，"只有等她来我找了。"他亦不找律师签署什么单方协议，抱着一丝幻想，在离婚待定席上过自己声色犬马生活。也没什么不好似的，隐婚享受未婚待遇。

有些人懒得结婚，有些人懒得离婚，所以出于婚姻的不确定性考虑，有些人选择隐婚。和传统的把婚姻变成两个家族的事不同，隐婚者更倾向把婚姻当作纯粹两个人的事，而不把配偶带进彼此的生活圈中。我有个女友虽然结婚多年，但她从恋爱开始，就坚持一个原则，绝不让亲朋好友见到她的老公，不论身高长相身份职业，都不透露，参加聚会也是单枪匹马，可她并非过得不开心。她对婚姻状态貌似还比较满意，只是免除了一切外界干扰，除了在必要时声明已婚，再无八卦材料。

当然，隐婚只是一种态度，未必是为隐藏婚姻事实，就像隐居者未必隐于深山老林，而是大隐于市。对于保持个体独立性，防止关心则乱的人来说，也不失为自我保护。因为把婚姻摆上台面，也有了经营压力，生意好不好，品相好不好，常被指指点点，大事无法化小，小事无法化无，待食客一哄而散，收拾残局的还是自己。

多数时候，女人比男人更喜欢公开婚姻生活。因为她们是关系学家，她需要在宣告这个男人属于我时，获得更多安全感，可当风险发生时，多米诺骨牌也倒得更快。本来我们就不需要像明星那样成天开新闻发布会，安安静静隐居于婚姻中又何尝不可。

那天看见提案女王接受采访，被追问婚否，她淡然回应：有一个刚刚大学毕业的孩子。顿时感觉很帅。

多轨婚姻进行时

以前我写过一篇《办公室狗血剧情》，说的是某公司高层与女下属搞出私生子，女下属在众目睽睽下任职到临盆，而男主角装傻到底，视而不见，把看热闹的好事者彻底打败。没想到还是这个大公司，近日又闹出"某高管与多名女同事保持不正当关系"，被饱受委屈的前妻张贴聊天记录的大八卦，让人不禁疑问"乱搞"也是企业文化。

相比那位老公搞出私生子流言满天飞依然泰然处之的家属，这位忍受了五年"冷暴力"而提出离婚，并以净身出户为代价换得自由，却在离婚一个月后发现老公与莺莺燕燕们关系的硬盘，如雷轰顶的家属，更让人同情。她在法庭上痛数前夫的不忠和欺骗，对方律师只一再提醒"这里不是道德法庭"；她在网络上公布前夫和小三们的聊天记录，也遭到删除。因为7月1日要实行的《侵权责任法》，"第36条规定，网络用户、网络服务提供者，利用网络侵害他人民事权益的，应当承担侵权责任。"有人说，这是保护小三转正法，以后上网骂小三也算侵权了。

一个生于七十年代初，出身知识分子家庭，以奉献家庭为己任的传统女人，遭遇了这样的价值观转型期。她想寻求组织帮助，但事是人非，"记得很多年以前，单位的领导是要管下属作风问题的，有啥事可以到单位讨说法，现在早就没人管了。可能是管不过来，可能是隐私权至上，可能是唯业绩第一，总之，单位里的花花事除了给大家增加茶余饭后的嚼头，耽误点工作效率，也没什么损伤企业文化的。"她想和当事人讲逻辑，却只听到狡辩，她无法理解："婚姻中发现的异常，我没有揭穿，是不是就代表没有伤害我，我就是幸福的？家庭、精神出轨、肉体出轨，可以有条不紊地在他的轨道行驶，永远不会翻车？"问天问地，最后只能自问为何没有修成金刚之身，没有当成忍者神龟。

　　可一切控诉和谴责，看似对她争回孩子抚养权和财产没有多少帮助，前有自愿离婚净身出户的协议，后有隐私至上的侵权责任。若非一张硬盘瓦解了她离婚的意义，使寻求解脱变成后知后觉的二次伤害，或许结局没那么难过。但事实总比想象的残忍，一个男人可以给小三当支付宝当提款机，并把送给妻子的戒指偷出来转赠小三，说"我们可以订婚不结婚"，也绝不开口提离婚。因为他掌握的是消费法则，消费妻子的爱和付出，再找些消费型的小三，而稳当经济链里的赢家。

　　也许迟早一天，"不正当关系"也会被踢出社会词典，因为男女关系实在是最头疼的管理学。有调查说，婚内出轨者实际只有百分之二十七选择离婚。剩下的百分之七十三，大概和大搞轨道建设的城市一样，接受了多轨婚姻的时尚吧。

新婚姻自由论

　　在我二十多岁的年龄时，身边的女人都在恨嫁。或是找到了白马王子，憧憬着面朝大海，春暖花开；或是恋爱太多失恋太多，想找个愿娶的人一劳永逸地安定下来。她们倒不是找饭票，只是觉得不结婚的人生是不完整的。转眼到了我三十多岁的年龄，局面发生变化，离婚成了茶余饭后的话题，婚姻中的女人以冷漠的语气说着那些出轨家变和财产分割的事，脱离了婚姻的女人就像去了趟巴黎回来，怀疑旅行的意义，又不甘寂寞一人。

　　聊起天来经常这样："有个闺蜜的朋友哦，是个女强人，老公也是特能赚钱，他们有个儿子，各忙各的，聚少离多，忽然她听说他在外面有了小老婆，于是去找小老婆谈谈。谁知小老婆见了她，不屑一顾，说他还有个小三呢，你先去找小三谈吧。女强人一想完了，找到小三说不定又冒出个小四，她决定离婚，可老公说不同意。怎么办呢？"

　　"为什么离婚啊，报复一个人劈腿的最好方式就是和他白头到老。""这样提离婚太冲动了，应该找个私家侦探收集齐证据再起诉，让他净身出户。""其实没必要离婚，离婚不外乎是为了自由。既然各忙各的，各自鬼混就好了，他找他的情人，你找你的情人。"……

我们自始至终，没有问一句：那她还爱不爱他？好像忘记了这回事，好像跟爱没有了关系。这样的冰冷就像对巩俐离婚的传闻一样不耐烦，都传了十年了，这回是真的了？仿佛她的十四年婚姻就是个摆设，没人在意他们真实的婚姻，只会道听途说：她不是在拍《周渔的火车》时和孙红雷好了吗，后来又和法籍摄影师Chang在天安门拥抱接吻，还回别墅过夜吧？听说黄和祥也出入夜总会偷欢的，她回新加坡也不回家住，而喜欢住酒店。

如果进一步分析，便是巩俐本来就是为疗治与张艺谋的八年情伤而结婚的，她只是要一段婚姻来完整，而从没放弃自我。从表面来看，她爱的自由也没受到干涉，想搭火车就搭火车，想去好莱坞就去好莱坞，若非如此，她的婚姻也坚持不了十四年。所以她实践的婚姻，是一个女人拥有自由的婚姻，与多数女人约束自我同时束缚男人的婚姻不同，这点来说，她倒像一个女权主义者同时还找到了合适的容器。

很多时候，女人不会主动修改自己的婚姻契约和规则，因为不愿面对"劣币驱逐良币"。她们内心始终认为传统婚姻才是幸福"良币"，如果碰上劣币，那就寻找下一个良币。其实劣币充斥也一样具有适者生存的先进性，当我一个强悍的女友为了自主而离婚，却苦于没有宜人的性生活，还遭前夫嘲笑时，我开玩笑地说：你可以找前夫当性伙伴啊。她怒斥：神经病！搞了十几年还不够啊。

当婚姻遇上性别

日前香港一名"变性女子"W接受手术由男变女后，申请与一名男子结婚，但因出世纸填写的性别仍是男性，未能成功进行婚姻注册。W为此申请司法复核，但在香港高等法院被裁定败诉。W小姐对判决感到失望，表示会上诉。她的代表律师在庭外说："It's not the end of the war.（战争尚未结束。）"此事引起社会关注，艺人黄耀明亦有感而发地说："这些恶法不是用来保护人，是用来伤害人的。这种过时的婚姻制度拆散了很多恋人，它不让两个相爱的人联合为一体。"

随着性与性别认知的发展，传统婚姻条例中"一男一女的自愿结合"已在接受新的挑战，这宗香港案例中的W最为愤愤不平的是，港府允许她进行变性手术，也让她改变身份证等身份证明上的性别，给予她希望，但又将她与社会上其他女性区分，不容许她与男性结婚。香港对变性人的性别识别显然还是运用生物学方法，以三个生物学上的因素，即染色体、性腺和生殖器来判定一个人为男或女，而不认同变性之后的性别。

可实际上，世界上很多与时俱进的国家和地区，已不再拘泥于生物学方法，以心理学方法判定性别逐渐成为潮流，即在判定一个变性人的性别时，他的心理应起决定作用，根据他的意愿来确定他的性别。比如1983年还以生物学方法裁决变性人婚姻无效的英国，二十年后对变性人采取了非常宽松的态度，英国上院在2004年2月10日出台了一部新的法律，允许那些饱受性取向混乱之苦的人在法律上更改自己的性别，允许变性人获得新的出生证，并以新的性别结婚。这项名叫"性别识别法案"的法律规定希望其新的性别得到法律承认的变性人将必须提供证据，证明他们打算完全以新的性别永久生活下去，但他们不必做变性手术。

　　值得一说的是，中国内地的婚姻制度亦已比香港开放，变性人可以合法结婚，前提是由医院开具性别证明，再以此证明修改户口本和身份证上的性别，达到符合"一男一女"的规定。这种制度上的改变，也让人看到同性恋婚姻合法的希望，但性取向与性别认知仍不同。同性恋者并不会通过变性手术来实现结婚愿望，即使可以不必做变性手术而获得新的性别证明，他们也不愿采取这个手段。因为同性恋是爱上一个同性，并不是否定自身的出生性别。

　　最有趣的是美国加州的"孕父"故事，两个由女变性为男的人成为配偶，其中一个曾是两个孩子的母亲，变性切除子宫后成为彻底的男人，而另一个虽然从外貌上成为男人却保留了生殖器官，并在2008年通过人工受精的方式成为"孕父"。这种组合囊括了变性人婚姻，同性恋婚姻，并且突破了繁衍障碍。所以充分开放的婚姻制度，真是给人无限遐想和可能。

　　我和朋友开玩笑说，如果有一天我做了变性手术，以另一个性别和面貌存在，会不会让曾经的数量庞大的男性伴侣们备受刺激，而又成为女人们的新宠？到那时，我不再是剩女，而是可以为剩女提供婚姻的钻石王老五，性别真是可以改变命运也！朋友说：性别男，曾用性别女也是一大优势，说不好哪天，婚姻不再规定性别，也不规定数量，只管权利和义务，多少人结婚跟谁结婚都是爱谁谁了。

无性族伴侣

"不想就是不想，就跟我不想吃辣、不想走在别人右边、不想下雨天出门一样。"女孩如此形容恋爱同居中的无性生活，从哪一天开始不再激情的也说不好，"一百种花招都试过了，可他就是不想，再折腾下去要伤感情了，就这么柏拉图吧。"

当一些女人说我好想恋爱，却听到另一些恋爱中的女人说我好想做爱，颇有点讽刺。可无性的恋人并非不再相爱。在最初，女人会抓狂地试图找原因，怀疑他移情别恋，可很快又都得到否定。他依然忙碌工作，体贴顾家，依然睡在一起，只是没有了做爱的想法。

通常我们会以为从有性过渡到无性的伴侣，是因为审美疲劳，也导致女性的心理纠结，但有些科学解释把无性归结为环境使然。日本早稻田大学女性性健康中心的专家曾指出，人在经济危机中面临的压力很大，压力会使体内激素水平发生变化，导致一种化学反应，让催生性欲的睾丸激素"罢工"。"如果性生活中断了，人会易怒，从而更排斥亲密接触。要不了多久，性欲就会彻底消失。"

所以快节奏的生活和工作压力催生了无性族的流行，与"想做不能做"的先天无性族不同，"能做不想做"的后天无性族，似乎在观念上也接受了无性的和谐生活。她们慢慢地适应这样的过渡，又相信有一天还会蓄势待发。无性恋人会结婚吗？答案却是肯定的。有个女友在同居的第三年，说她二年没有做爱了，"开始是我上夜班回来很累，倒头就睡，他也不忍心打扰，后来我换工作不再上夜班了，他却习惯不做爱了，就像没有了性这回事，彼此都不主动提了。"原以为会冷淡到分开，他们却在第五年结婚了，感情如胶似漆。

　　更彻底的无性族，倡导"无性的性生活"，他们宣扬无性生活像选择双性恋或同性恋的人一样，是一种健康的性取向，并且认为他们与伴侣之间没有性的爱情是最坚不可摧的，是没有任何条件的。在国内出现的首家无性婚姻交友网，便有很多会员寻求这样的同好，其中也不乏柏拉图爱情坚持者，他们在共同的无性基础上组建家庭，就像执着的环保主义者。

　　不过对有些人来说，无性是对曾经放纵的修正。比如有对开放的情侣，他们尝试过了各种形式的性爱，如今却同步成为无性族伴侣。像复习初恋感觉一样，他们在点滴的生活细节中感受彼此的爱，这对经历复杂的心灵也许是种很好的休息。如果看过电影《苦月亮》，会慨叹情侣疯狂过度后的虚无和随之带来的毁灭，而适时的阶段性"零欲"，反而是可持续发展策略吧。

　　无性看起来像一种新的"性爱分离"论，与面对滥性时的性爱分离不同，无性的爱与身心统一似乎不矛盾了。

Part 11

>>> 罪与罚的社会 >

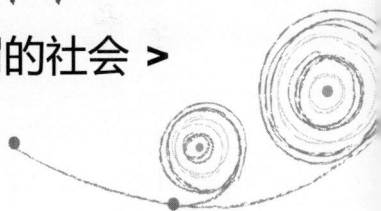

性瘾成风

早年抑郁症流行时，我经常玩点小忧郁，觉得亚健康是时髦。而今，抑郁过时了，我们进入了性瘾年代，每天打开电脑，扑面而来的性爱视频香艳日记。烟草局长被人肉搜索出至少五名性伴侣了，大家还不满足，如果在美国，该排队进性瘾康复所治疗了吧？

感谢发明"性上瘾症"的帕特里克·卡诺博士，他为名人明星化解了危机。老虎伍兹也好，好莱坞影帝道格拉斯也好，只要说患上了性瘾，不管有十个还是一百个情人，都能坦然面对。这便是用科学发展观指导性生活，当道德无法自圆其说，医学给个台阶让人走下来。

按照"性瘾"词条解释，性瘾有三个层次：第一层是沉迷于色情刊物或自慰；第二层是滥交；第三层是强迫性意识严重到了危险地步，比如强奸。而我发现成年男子有百分之八十处于轻度或中度性瘾状态，他们徘徊在第一层和第二层之间，并且逻辑有趣。

保持在第一层次的男子不乏已婚人士，他们觉得滥交有婚姻代价，但和伴侣保持默契的性生活有难度，"所以我又回到看A片自慰的生活，起初妻子还会好奇地观看，并生气我频率过多，但后来她不再管我了，我们每月例行公事几次，其余时间我随意地和手做爱，那样能满足我的需求，又不伤害她。"

这是绿色无害的低层性瘾者，更多的则处在黄色警戒线，"我在第一层次幻想第二层次很久，直到我掌握了技巧和能力，发展到第二层次后我悬崖勒马了。"一个哥们认为很多人心理到了第二层次，然后由于能力或者机会问题没能实践。照此推理，浪尖上的烟草局长正是能力和机会成熟而大步走向第二层次，他那推特风格的日记不乏三次五次的记录，在小芳小盘之间也切换自如。

讽刺的是，当我查看五花八门的性瘾治疗法，试图给韩局长望闻问切，发现有款美术治疗法，推荐患者通过绘画等艺术方式表达自己"轰轰烈烈的性史"。这么说，韩局长写日记也是自疗，只是不擅长绘画，也没像陈冠希那样用摄影艺术来表达。但效果大家看到了，不单玩瘾越来越大，还落下了把柄引发网络暴力。效仿者一定要止步。

其实治疗法里最狠的是药物治疗。我认识一哥们，年轻时酷爱环球旅行，在美女辣妹多过鱼的度假圣地，艳遇不断，性的阀门被彻底打开了，回到正常生活无所适从，精神恍惚。于是他开始吃抗抑郁药物，药物副作用使他从性瘾者一下变成了性无能，"化学阉割"让他恐慌，于是又寻求性治疗，折腾不已。

这个社会机器，企图将人的性欲进行科学管理，但在性冷淡和性亢进之间拿捏准确是个技术活，真要戒性瘾，按我们国家的治疗经验水平，我觉得使用网瘾的电击疗法比较靠谱。

国产原创重口味

也许是传统的春节太沉闷，激发网民创造出重口味迎新方式：病毒式分享视频艳照。前两年还是港产片，今年终于内地原创重口味占上风了。大家不说恭喜发财万事如意，上来就问：兽兽视频看了吗？没看过？发你一个。就像派利市一样大大方方，过两天又有人派出"北影张雅茹""上大钟莉颖"……冷不丁平日保守低调的MM也探头问一句：工行的有吗？

这样的"开门红"不知算不算讨个头彩，但"中彩"的女主角终归比较郁闷吧。好在是"雨后春笋"的速度，让她们彼此分担了压力，来去如风，躲不过初一，差不多能躲过十五了。网友们领完利市，各忙各的，也不关心后事如何了。

性爱隐私日渐成为业余消遣，道德大棒挥舞起来也力度有限。如果将来某天，国产AV大行其道，这些先驱大抵会被评价为画质差、不专业，而没人担心是否会毁掉一个女人的一生。又或者后来者不甘寂寞。主动出击，像流行写真一样奉献出更多精品，让人慨叹年轻时没留下几段性爱视频。比如一夜情时，对方问：我们也拍个看看？我直摇头，倒不是怕人看，而是自觉口味不够重，身材不够有料。

不过我对这些国产原创最有意见的是，男主角都不露脸。肚子大器官小也就罢了，还指手划脚，在自拍过程中把自己当老爷，把女人当玩具，"撩开你的头发，摸一摸胸"，一副居高临下的架式。这种反感就像看日本AV，永远是男性视角，猥琐男征服调教美少女，自信满满、效果夸张，把现实中不能实现的性能力在镜头中放大若干倍来聊以满足。

所以我觉得一对男女性到浓处玩自拍时，女人要想好几个问题：一、你是否心理上准备好，你的身体和表现可能被第三方观看和评论；二、你想被操纵和摆弄，还是主动设计情节和画面，自己来当导演；三、这是值得纪念的真实性爱还是为了表演炫技。

如果没想好，那还是不要拍了。因为从大的角度说，对国产AV事业毫无建树；从小的角度说，你的前男友或者男友，可能把你拍得很丑陋，很没尊严，还当定时炸弹一样，随时可能要挟你。

这类非文艺片的性爱视频，外围人往往只看效果不看动机，所以一旦流出，女主角如何申辩自己是受害者都显得无力。如果实在不可避免地要拍，还是写好分镜头吧，双双入画、分工合作。不至于那个无良男主角拿去四处散，还偷梁换柱、栽赃祸害，说那是你与某个别人的淫荡自拍，仿佛他连跑龙套的都不是。

至于说少儿不宜，道理都懂的。撇开不良动机不说，就是真爱男女青春纪念，日后孩子满地爬，翻箱倒柜发现爸爸妈妈的珍藏光盘，你是否要告诉他：宝贝，这就是你的源起。

神马都是浮云

"和教主比，那些哥啊姐的妹呀弟的，都是浮云，都是浮云。""看了这个故事，真的想跟自己说，什么客户投诉啦，什么信用卡欠款啊，都只是浮云。"……来势汹汹的"小月月"带来拜月神教，也带来流行造句。作者蓉荣以其源于生活高于生活的夸张笔法，描述带高中女同学及其"老公"小W游上海的两天一夜神奇经历，迎合了围观网友的猎奇心理和变态幻想。虽然种种迹象表明这生活大爆炸是一场炒作，但多少人竟希望这是真实存在的人物。

作为好事者和重口味爱好者，我也不自觉跟上极品潮流，当热心读者列举种种被"小月月"糟蹋过的物件，而反应神速的淘宝挂出其中的紫色开裆内裤，我一下沸腾了，啊，这款内裤我也有！碰巧在上月买的一条，也是紫色，它正前方，底裆以上部分，挖了一个倒三角，有露毛效果，跟女人穿低V领上衣一样，显得很性感。我那条比小月月款还更低腰一些，穿起来很好玩，我还穿过一次吓老外了，他大叫：你为什么不剃毛！但我觉得又透气，又有抚须感……兴奋之余，翻出、穿上、拍照，在微博上展示效果，拍砖无数。

如果按"小月月研究小组"低俗社会学定义，我定然也符合这种低俗标准。但不可否认，低俗的传染力无处不在，只是北京街头出现模仿Ladygaga内裤外穿的妙龄女子时，还被当作时尚街拍，而穿上小月月款开裆内裤就彻底低俗了。因为这样一个胖妞+性饥渴+神经质+恶心排泄的人物形象，几乎满足了人们对极品女的想象。原来大家心里是这么龌龊的，追求常人不可企及的雷人效果。当现实生活的雷女不够娱乐时，臆想也能达到一种膜拜。

至于希望"小月月"真实存在的观众，甚至四处奔走搜查线索，求证拍照，把地铁、城隍庙、巴贝拉店和有"五星"标志的旅店等等人肉个遍的，或是化身"小月月"与网友对话，贴出虚假照片资料的，那算是超乎认真和蛋疼，并具有延伸创作才华的人群。出现这种奇观的国度却没有诺贝尔文学奖获得者，真是遗憾。

我不敢说人人心中都有一个小月月，但审丑心态却是普遍的。不知道这是不是小时候写作文被太多地强迫描述和歌颂美好，造成了逆反心理，而集体爆发了反审美反主流的心态。看到华丽美好的事物，习惯性地挑刺和嘲讽，而看到非正常人类，更会加以渲染和耻笑，产生快感和优越感，这也叫侮辱性精神胜利法。比如某些描写极品相亲男友、极品婆婆、极品小三系列的作品，经常让作者和读者酣畅淋漓。这次的"小月月"更是拼凑了所能想到的素材，连"两女一杯"的恶心都运用进去了。而最生气的是胖妞，对花痴球状物的刻薄，几乎是影射性的侮辱，为什么遭殃的总是她们？因为有些人心眼坏呗。

有人说现在出书没前途了，因为网络创作太发达了，读者的胃口已经被提升到快速吞食或者呕吐的境地。自曝其短也快没市场了，因为真人真事的效果赶不上读者的想象，纯属虚构更聊胜于无，而必须是疑真疑假几欲乱真的夸张才能吸引猎奇者的目光。以前出版作品还能被以格调低下之类的名义封杀，现在封杀神马的，都是浮云。

又见官员性丑闻

网络上流传一部很黄很暴力的连载作品，点进题为"某处长和情妇翻脸，性丑闻遭情妇曝光文章露骨不堪"的链接，看到洋洋洒洒几万字书写某刚工作两年的女生和广州某官员的爱恨情仇，情节俗套——屈于淫威、偷情成爱、堕胎生恨；性描写也笔法娴熟——阳具崇拜、淫欲短信、色情自拍。最大亮点是提供了真实时间地点和可以对号入座的人物，并奉上一本汽车文化读物封面相佐证。

网友们欢欣传阅八卦，不甘寂寞的网络仿佛有了性生活规律：每周一歌，每歌有G点，小月月刚走，官员又登场，而且还"喜闻乐见"。此部作品我读后的第一反应是：在各地官员的性闻爆料中，这个广州处长却是很清廉的，从没送过情妇礼物，最多吃饭签了单，连开房费都省。而且同时只有一个情妇，也绝不因为乱搞耽误工作，提起裤了就去开会。这些，正说明他是好同志啊。

为什么我强调是作品，倒不是说本故事纯属虚构，这种真实性用我一女友的话说：把十个男人拉出去枪毙，有九个是没毙错的。即使写的不是这个处长，随便写哪个官员的性丑闻你都会相信，潜台词是：他们作风本来如此嘛。再说了，日记传记小说都算是作品，能够气势恢宏地写成中篇，并提炼出"女人的阴道直通心灵"这样的中心思想，也算很主旋律。

但此部作品的疑点在作者本人身上，过往的官员性丑闻多来自官员本人的日记外泄，或被查处后曝光的夹带编号和毛发的记录本，被情妇举报而中招的官员也有，但以这样的情妇作品面貌出现的，还是稀罕得很。你见过女主播李泳写情妇自传吗？没有。她收了路虎和封口费，所以没有？这个推理也成立。你见过饶颖的情妇自传，但她搞的是著名主持人，不是官员。写与名人明星的绯闻是可以红的，写与官员的性丑闻在中国是什么出路？我暂时想象不到签售场面。

所以如果作品出自情妇本人之手，她图啥啊？现在人肉搜索这么发达，你提供的时间地点证据又如此详尽，是不是等下一分钟开记者招待会？那么你是要当莱温斯基吗？问题是这些富有自我牺牲精神的女性提供的前车之鉴你都看到了。真要曝光应该提供带精液的证物、流产证明、电话录音以及艳照之类。不然，万能的网友从哪搜出疑似人的身份证照工作单位手机号码，还不知要殃及几个无辜。

基于这点，我不太相信是"飞蛾扑火"式的情妇自曝，因为作品的加工痕迹太明显，明显得像"圣元性早熟奶粉"复仇贴。一种可能是小月月式炒作团队为点击率又开启炒作官员性丑闻先河；另一种可能是该官员的暗中对手，熟悉其行踪和私生活，假借情妇之手实施打击报复，掀起"二奶反腐潮流"。

在情妇没有像莱温斯基那样站出来之前，在有关部门生活作风小组没出调查报告之前，权且低俗地"喜闻乐见"着。倒不是为某处长辩护，这样出于男人本能，有三两情妇，还不影响工作的官员，已经够让人欣慰了。只是从传播学角度，我们又看到了G点所在——和以往从野史秘传之中感受官场人物的糜烂私生活相比，现写现炒现任官员的性丑闻，更具及时行乐之风采。

猥琐形象代言

　　每天看新闻都有惊奇，这次惊奇的是看到一个眼熟的大胡子戴眼镜大叔，在大街小巷的广告上见过，好象还穿着吊带裤上过几次春晚。以前没太留意这究竟何许人也，以为也就一广告形象，或是春晚的熟人托，没料到竟是身陷"强奸门"的著名培训机构总裁。这回高调大发了，连法律顾问都有几分惋惜：山木培训就他一个形象代言。

　　这比代言假药广告的名人还惨，原本教育家或者成功企业家的形象是蛮严肃的，出了这么一个"门"，怎么看怎么AV，怎么联想怎么猥琐，就算风波当前，山木总裁辞去了职务，也难免冲击其家喻户晓的培训集团。而坊间已八卦流传，比如邻居说他每次带不同女人回家；比如熟人说他说过得不到一个女人就强奸，睡过五次就忘；更有旗下的前员工翻出七年前的被强奸旧案，或有隐情的员工也风言风语起来。一切尚在调查之中，但就怕和调查伍兹一样，曝出越来越多有染女子。更惨的是传说中山木胁迫拍下上千女子裸照。如果齐齐指证，罪名可不一般。

问题出在哪里？如果是简单的好色或者性瘾，他大抵只算风流人士，但关键错在他以权谋色，利用年轻女性员工的弱势，软硬兼施地达到目的。这是一个可怜的、缺乏魅力的男人，他无法通过正常途径得到女性青睐，又爱犯职场大忌。或许他真是一个在领域里很成功的男人，同时也把自己当作王国君主——招收单纯的女大学生入职如物色"宫女"，调整在职女员工的去留如左右"三千后宫"，从者犒赏，不从者胁迫，在势力范围内要风得风，要雨得雨。

中国对职场女性的保护机制还很薄弱，尤其在私营企业中，居于高位的权力者，滥用工作和人事权力对女员工构成很大压力，故意模糊"强奸"和"钱色交易"。比如以女员工是否配合性服务来决定薪酬待遇，比如以工作名义进行约会强奸，而普通的办公室骚扰更是投诉无门，结果女员工唯一能做的自我保护就是辞职。我有的女友，被男上司摸一下漂亮脸蛋，第二天赶紧辞职；还有的女友，被男上司邀请上班时间约会喝茶，也惶恐不安，去了怕不测，不去怕丢工作。无奈的是猥琐大叔无处不在，山木"强奸门"中的女事主要辞职，还被以打扫卫生的工作名义强请到私人处所，令人发指到胁迫拍裸照，不顾生理期地进行强奸。

每当一个大灰狼倒下，就有无数小白兔站起来。但大灰狼大模大样把自己的大头照贴在大街小巷，还上电视微笑鼓掌时，小白兔却没敢撕毁大灰狼的伪装。于是才有这么戏剧的一幕，当一个小白兔报了案，满街的大灰狼照片瞬间成了强奸嫌疑人通缉照。形象代言高危至此，模仿者慎也。

有偿陪侍

"震惊！一下子失去奋斗目标了。""这么多下岗职工怎么安置，有关部门想过吗？""靠，一直以为天上人间是事业单位呢！""请通知北京各大院校，女学生们可以复课了。"……如此群情沸扬，一石激起千层浪，到底发生了什么事？在一个月黑风高之夜，全国娱乐事业排头兵"天上人间"被查封了呗。

京城公安局长新官上任三把火，一烧烧到天上人间，连同其他三家夜总会，查获有偿陪侍小姐五百五十七人。这样的数字不算惊人，流出的新闻图片也没有过往的扫黄活动那般香艳，陪侍小姐衣衫完整，排坐于沙发上，甚至说得上端庄亮丽。所以抓到的不是卖淫嫖娼的现场，也不存在"炮房"，仅仅是有偿陪侍，也就是说陪客人唱歌聊天而已。查遍法规条例，违反的是《娱乐场所管理条例》第十四条，提供或者从事以营利为目的的陪侍。

于是乎，雷声大雨点小，除了停顿整业半年，遣散陪侍人员，也没听到更厉害的惩罚了。倒是平民百姓对天上人间的奢华消费有了了解：陪聊起步价一千元，包厢起步价三千八百元，一瓶皇家礼炮五千元……为想象达官贵人的挥霍生活和陪侍小姐的姿色提供了更多空间。比起东莞娱乐场所的ISO标准菜单，只是小巫见大巫。

至于挖掘天上人间的背景后台，猜测扫黄乃打黑前兆的云云说法，我也没那么高的政治觉悟。只是在想既然允许娱乐场所存在，陪侍为何不能有偿？心理医生陪聊一小时也收几百块，出售他的专业知识；娱乐场所陪客人聊天唱歌，也是基于自身才艺美貌的工作。从缓解压力、赐乐于人的角度来说，同样是有职业道德啊。但问题只在于，社会不承认娱乐场所的"工作"，扣上涉黄招嫖的帽子，一切归咎于你"不正当"营利。

其实民间娱乐场所，这么多年从没断过有偿陪侍，只是小费三百还是一千元的区别。对取缔有偿陪侍，我也持保留意见。为什么呢？记得多年前朋友让我安排招待某个出版界老板在广州娱乐，我也帮他订了城中豪华的KTV房，但老板一行到了之后，喝酒唱歌跳舞全然寡兴，末了问我能不能叫几个女朋友过来一起玩。我当时就想，这样的友情陪侍令人尴尬，而若娱乐场所提供专业陪侍人员，消费起来不更方便。

我无意纯洁化娱乐场所的陪侍者，只是若非卖淫嫖娼，劳有所得为何不合法？端菜洗碗是服务，唱歌陪聊也是服务，你要觉得她们工资水平过高，可以制定薪资标准，可以监督纳税。一刀切的扫黄执法，无非是杀鸡给猴看。每当有风声起，曝光的是女性工作者，跟风者更是在网上乱传不辩真假的花魁头牌，侵犯她人名誉和肖像。这样的扫黄活动，除了象征性践踏一下女人，实在看不出治了什么本。

非主流换妻

李银河老师呼吁取消聚众淫乱罪的话音未落，南京某大学副教授马晓海就因组织或参与十八次"换妻"被诉聚众淫乱罪。可谓活生生的案例应景而生，一时间罪与罚、存与废的讨论琳琅满目，而截然不同的观点指向共同的"性少数"。一方认为这仅是非主流生活方式，不构成社会危害，不必追究；一方则认为换妻属于个别现象，不存在法律追究障碍。那么到底是少数服从多数，还是多数宽容少数，便是摆在我们面前的问题。

但我又从中嗅到一种气息，要让不合法的性行为生活变成合法，途径是把非主流变成主流。比如从前，未婚同居也被看作不合法行为，要过性生活，首先得结婚，不然就是乱搞，不小心还可能被当流氓抓起来。但时过境迁，未婚同居成了普遍现象，一夜情也是家常便饭，到外面开房也不用结婚证了。就算倒霉碰上警察查房，顶多问，你俩认识吗？什么关系啊？只要不是卖淫嫖娼，谁也懒得管，前提是同一地点数量控制在两个人，性别关系为男女、男男、女女皆可。

所以花了二三十年时间，两个人之间的性自由基本不犯法了，也算社会进步。下一个阶段是如何将同时同地三个人以上的性生活从非主流变成主流，从个别现象变成普遍现象，直到集体性生活不叫聚众淫乱罪。目前看起来还不太可行的样子，上访还限制在五个人以内呢，聚众搞什么都有点危险。

　　说回"换妻"这种形式的聚众淫乱，我感觉比较黑色幽默。除了"换妻"这个叫法把女人当附属品交换而带性别歧视，还具有讽刺婚姻的色彩。为什么呢？众所周知一夫一妻制的存在就是让人过合法而相互忠实的性生活，结果存在并非合理，不合乎人性而越过越别扭，忍不住地出轨翻墙，最后公平起见，大家一起交换吧。

　　这倒好，最传统的婚姻首先叛乱，派生出自由秩序——钥匙聚会有之，home party有之，网上的换妻俱乐部也悄然流行。没错，这是非主流生活方式，但单身男女也眼红这样的"专利"。你有得换，我没得换，为了过上组织生活，我没配偶也得带个临时的伴加入，实在没办法的，只能像马晓海副教授那样，为大家提供活动场所，顺便蹭个伴，蹭不上时就在边上看着。

　　可见聚众淫乱也没那么容易，除了有资格，还得有能力。我所知道的聚众淫乱，最多的不在色情场所，也不在宾馆酒吧，而是在富人的别墅里。周末时夫妻伴侣，或是临时结伴的男女，开着车去，喝着酒，逗着乐，最后爱睡谁睡谁。美国人换妻警察管不着，那是人家房子大，在私人宅邸里开sex party还是烧烤聚会，不扰民不妨碍社会就行。

　　为了早日过上主流的聚众淫乱生活，我们还是先国强民富多造别墅吧。

激情犯罪

"起着一个琼瑶式的名字，干的是本·拉登的事。"当狙击手把绑架女童的小伙子击毙，警察翻出他的身份证件，看到了"张可可"这样的名字。这个据说因为从外地赶来见女网友被拒，一时失控制造了堪比惊悚电影场面，而最终暴毙街头的男网友，他的QQ头像不会再亮起了。

案件发生的北京宣武菜园街，我曾短暂居住过，看到新闻报道，我犹能想起离那不远的大观园，以及某些凌晨出去买烟时，在十字路口看到情侣拥抱或者激烈吵架的情景。那是个白天不算很繁华，夜晚又不太宁静的老城区，而进出地下网吧的年轻男女，有时染着浮躁的金黄头发。当然，案件发生在这一带纯属偶然，我也只是调侃着问还住在那里的曾经同居女友：你确定那天他要见的不是你吧？她斩钉截铁：绝对不是！我那天去看车展了！

难以想象一场网恋导致的见光死，在还没见上时就死得如此惨烈。如果时光倒退回那一天，随便改动一个环节，事件便不会发生。只是被追求的女网友，出于自我保护，拒见一个杀到楼下的男网友，也司空见惯。她怎么也想不到，刺激会如此强烈，强烈到他精神失控，一把挟持踩着自行车路过的五岁女童，然后要女童父亲报警。在全城出动、万目惊视下，要挟着见一面。那一刻，他兴许都没意识到自己在犯罪吧，兴许他的中心思想不过是成全见着一面，在无数疯狂爱恋和煎熬后，不惜豁出去惊天动地一把。

可惜这不是小说，也不是电影情节，更不会有想象中的千人瞩目之下，女神般的网友含泪走向他，听见他说：我爱你。然后手中刀落，人质释放，他被戴上手铐带走，一步一回地望着她……对不起，我们真是电影看多了。现实远没有那么浪漫，而是冷冰冰血淋淋的学术名词"激情犯罪"。你正在犯罪，你正在危害一个女童的生命，没有人理会你的爱情什么样子，激情的代价是爆头。

如今世道越来越不安稳了，情绪失控杀人的事件也层出不穷，连琼瑶和本·拉登之差也在一念之间。每个事件的发生，都只是增加预警机制，就譬如现在路过中小学门口，能看到上下学高峰期，警察荷枪监护；就譬如看到这样因女网友拒见而绑架儿童的事件，我也后怕某天一个发了假照片骗取见面，真人却长得马加爵一般的男网友，在我小区周围蹲守了数小时，电话短信轰炸，主题均为：干一炮吧！所幸没有暴力发生，否则报纸新闻见了。

压力爆发的时代，如果没有用爱解决，便有生命被解决。可是这样的危言耸听，却像世界末日预言一样，不断被自然灾害验证。世界如一团混沌，伤害与报复无序又有序地进行着，而人人自危只是覆灭的开始。

阿桑奇难过美人关

"每当想到余生可能会在监狱里度过的时候，情绪就会低沉，我就会拿着一本书静静阅读。现在的生活面临着不小的压力。"这位从小家庭破碎，十四岁前就随母亲四处漂泊，搬了三十七次家的孩子，天资聪颖。在其黑客生涯的高峰期，创办"维基解密"网站，以全新的"新闻自由"引发外交911。他公布数万件美国政府机密，招来暗杀和国际通牒的厄运，过上比童年更颠沛的流亡生活，最终却被以涉嫌强奸和性侵的罪名，在英国被捕。

他叫阿桑奇，一生比小说传奇。他是无数人心中的英雄，代表破坏世界旧秩序的希望。也许他父母在反对越战示威中的结识，就注定了他身上有种反强权的基因，可这位"有着一张年轻人的脸，和老年人的满头银发"的天才，在他强大的内心中，却有着难以逃脱的"脆弱"。一如他曾在官司缠身的岁月，爱妻携子离弃，而他长达九年后才争到儿子的监护权。在这危险的流亡关头，他依然无法拒绝"女粉丝"的邀约，落入美人计的圈套。

英国媒体绘声绘色地报导了瑞典两位妇女与阿桑奇的艳遇：

第一个化名萨拉的金发美女是三十多岁的女权分子，她和阿桑奇素未谋面，却经过一轮电邮和电话交谈，决定让参加研讨会的阿桑奇暂住其寓所，而发生"安全套破裂"性行为；翌日阿桑奇抵达研讨会，遇上女粉丝杰茜卡（化名）并被她深深吸引，在餐厅把手放在她的肩膊上，之后更一起参观博物馆。念念不忘的阿桑奇离开萨拉寓所，乘火车前往她所在小城恩雪平的寓所，发生了性行为，其中一次拒戴安全套。杰茜卡为这次危险性行为十分忐忑，担心染上性病或怀孕，遂致电萨拉(两人在研讨会碰过面)，结果彼此互诉与阿桑奇的性事，商量后决定报警。

指控者极力否认她们的"政治阴谋"，可人们难以想象无防护措施的性行为给两位妇女的身心带来的伤害程度。是什么力量，让她们要曾经云雨的"最smart的，最有趣"的阿桑奇，冒着牢狱余生的危险回瑞典做一个负责任的男人？若与政治无关，是阿桑奇的"劈腿"伤了女粉丝的心吗？是对连手机和信用卡都无法使用，银行账号也被封的男人，在一夜情后继续性命堪忧地消失流亡的行为无法原谅吗？吊诡的是，你在黑客罗宾汉人生中，给了他一剂性与温情的安抚良药，却被利用成一个逃命英雄也"渴望女人的爱"的软肋。

好事者发现指控者萨拉曾在个人网站张贴一份名为《法律报复的七个步骤》的文章，讲解如何利用法庭对付不忠伴侣。倘若如此，那么选择阿桑奇作为报复"实验品"来验证瑞典法律的完美，真让世人大跌眼镜。该称赞瑞典女性的维权心机，还是心疼阿桑奇这个倒霉孩子呢？当阿桑奇义无反顾地反世界强权的强奸时，两个女人起诉了他的强奸，比戏剧还悲催。

有人曾以维基解密的泄密事件问阿桑奇："可是揭露丑闻会让

很多人痛苦？"阿桑奇回答："有罪的人才会痛。"此刻对强奸指控做无罪辩护的阿桑奇，不知道内心痛苦否。可他的痛苦肯定不在于是否成为强奸犯，而是他一生的信念是否得到支持，正如他强调的："历史将会胜利。世界将变得更加美好。我们能否幸存？这取决于你们。"

道士李一达人秀

　　自然灾害越来越不自然，新闻也越来越像人为。那天早上，我正神清气爽地和女朋友网上聊天，忽然听到她说听见巨响，伴随腾起的蘑菇云，楼在震荡，"还以为市政大楼被炸了呢，原来是鞭炮厂爆炸。"半天过后，窗口弹出新闻，再看见相关报道，匆匆浏览，一眼而过。这是正常一天的小意外而已，我们每天都有无数生活大爆炸，除了天灾人祸，还会陷入真假难辨的罗生门。

　　这是有意思的现象，就像人类行为的结果会引发自然灾难那样，新闻事件中民众也扮演了更为主动的角色。比如前段时间方舟子揭发唐骏学历造假，掀起打假狂潮。顺此潮流，道士李一也坐上了被审判席。

　　"新一任'养生达人'李一渐有倒掉的趋势。有人指摘他学历造假，有人举报他涉嫌强奸，有网友通过视频分析，对他的水下闭气大法提出了有力质疑……总之，李一大师的达人待遇开始动摇，神话般的光环渐渐消退。"

　　这要感谢中国达人秀节目的流行，让民众对现实生活中各类达人的秀场背后真相产生浓厚兴趣。在道士李一还不是道士，名字还叫李军的时候，他更像个小魔术师，跟刘谦那样善于设计道具。翻出他十几年前参加上海电视台《天下第一》节目的视频，可以看到他在大小两个容器中的魔术表演——他先坐进空的小容器，盖个盖子，念念有词，然后外围的大容器再放满水，倒进金鱼，如此的"水下闭气"效果于是诞生。讽刺的是，节目的观众像魔术的托儿一样表现出不可思议时，请到场的公证员也对这一"神话"进行了公证。

在电视观众还比较单纯，相信节目设计并且喜欢神话，也没有如今网络环境造就的怀疑精神时，李一自然很容易被崇拜成大师，也能混进道观里宣扬养生和神通大法，开设天价养生班敛财。他是一个自我宣传成功的生意人，也相信他的成功可以复制，直到今天铺天盖地的揭批涌来，他只能闭门修炼，心里暗骂：媒体太坏了。

但是媒体也陷入了真假难辨的包围圈，当媒体采访举报道士李一强奸的受害人，并列出事实时，警方给予否认；当媒体质疑李一的神功和欺骗时，民宗委的回应还相对保护。所以看着这些乌七八糟的事情，我的心情和看南非总统夫人私生子一样：当事人否认与保镖偷情结出"野种"，祖马发言人拒评总统"私生活"。

其实我们内心还是向往宗教纯洁的，就像南非总统到底不希望妻子乱搞，但涉嫌被戴绿帽把她赶出家门，又在夫人赔一头山羊谢罪后原谅之。如果不是信仰的严肃和对神话的期望值，却也可以轻轻松松打开电视：哦，这一期的中国达人秀是道士李一，表演不错，评委给过了吧。

Part 12

>>> 权力与选择 >

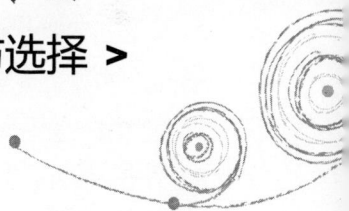

人生总有第一次

看村上春树的《1Q84》,刚看开头就一如既往被吸引。一个叫青豆的女人,听着性能良好的音响播放的交响乐,被关在出租车里,堵在十分钟前进不足十米的排着长龙的高速路上。司机告诉她从旁边的紧急避难所的阶梯爬下去,便可逃脱这个拥堵混乱的现场。但这是一件非同一般的事,"这样的事普通人一般不会做。女人尤其不会。"一旦做了,"往后的日常风景看上去也许会和平常有点不一样。"

我在看书方面,经常不是个一气呵成的人,容易神思游离。于是,看着这个将要"第一次"的小说开头,我跳转到了近日有点火的"初夜门"。传闻"坐在宝马车里哭"的马诺要被封杀,理由之一是她在《Lady呱呱》节目中大爆与处男的第一次。她慨叹累到快睡着了,男友研究半天,才找到"入口"。这样的初夜经验颇为尴尬,令她半年都没兴趣过性生活。嗯,那种心情类似在高速公路堵到心烦意乱,而没有司机告诉她紧急出口吧?

其实这样的"第一次"稀松平常,甚至算得上多数女人的共同经验。只是公开地谈论私人性生活，依然被视为有违道德。但是否打开这扇门，却人生各有不同。我也是在打开N扇门后，才了解女人的性与这个世界构造的关系。这时，有人问：你想好了，你这一生都要做"不加V"吗？我就像在阶梯上爬到一半，碰到了人生问题。我想了想，停在这里，或许就看不到往后不同的风景，走下去兴许又是另一种现实呢。

很多时候，人们并不鼓励女人经历超越"第一次"的事情。我认识一对典型的夫妇，他们从初恋到结婚，彼此只拥有对方一个性对象。比较和多样性，是他们排斥的，纯洁到什么地步呢？他像保护未成年人一样保护她的身心，凡是"不健康"的书籍和电视剧，都不允许看，"我们不需要体验负面的东西，因为从别人身上看到了结果。"

但辩证一点说，"负面"并非都无正面意义。我们会看到，很多非同一般的"第一次"，是在拓宽女人的经验道路。比如第一次艳照门可以冲击女明星的人生，到了第N次艳照门已经构不成致命打击。兽兽就像什么都没发生过一样做她的模特和代言，胁迫女人拍下艳照而想控制她一生的手段正在失效。

所以"行人止步"的人生禁令，对女性的恐吓多于警示。更多人从高速公路的避难阶梯爬下去，女性的困境才能缓解。当辣妈小S在演唱会上对男嘉宾动手动脚，就会有人举出幸福生仔机器张柏芝做教材，顺带教育儿子发烧上医院都没有亲自陪同的陈慧琳。这一类规训就像永远要在意识形态上给女人缠足的臭布。但是对不起，女人除了当贤妻良母，还有很多事要做，麻烦您让个道。

不同女人的正确

当芙蓉姐姐以高端主流时尚的形象登上《时尚先生》，苍井空接受了《南方周末》专访，被网友称为"德艺双馨的著名表演艺术家"；当中国最红的网络红人和苍井空同台出现在某网络游戏代言活动而带来狂欢时，凤姐骂苍井空为妓女激起群愤，芙蓉姐姐则在微博上仰面流泪，忧国忧民地问道赞美苍井空者是否要把他们的女儿送到日本去"学习"，并担心被划为同类而玷污清白。

这真是有趣的争芳斗妍的女性现象，她们都在坚持自己的"与众不同"，都在输出自己的价值观，不管是以妄自菲薄还是乖巧可爱的姿态。但苍井空的开放与真诚，包容和有爱，使得她虽然从事被争议的事业却不失可敬，网络红人对她的另眼反而有失风度，道德优越感的抖露更是不合时宜。

其实她们都是在自己的道路上坚持自我的女性，正是如此，女性对女性的评价，女性对女性的尊重，比外界的认可更为重要。怀着私欲的女人，如果只看到自己的力量，惟恐被代表，那么在人生感悟上会变得狭隘。

女性并非只有一种正确，对于苍井空，她坚持她的理想和正确，而且充满真诚。为什么出道？因为高中时缺零花钱。为什么下决心入行？因为想尝试一下新的事情。继续拍摄AV是你的选择，还是被迫的？我因为拍了AV才有了今天，没有停止的理由。你觉得AV是很必要的东西么？是人的三大欲望"食色眠"之一，但只有性欲总是沉在水面以下……她的人生选择是主动的，即使在男友反对她拍AV时，也选择分手而后给经纪人打电话。很关键的一点，她"不是说对性或者对当AV女优有兴趣，而是很想当一个'面儿'上的人。"这个"面儿"包括成功和影响，包括探索和意义，所以她完全不是个堕落为女优的人，她只是选择了自己的"积极向上"，也是如此，能够"德艺双馨"。

同样，芙蓉姐姐也是一个坚持自己的理想和正确的人。虽然在刚刚摆出"S"造型时，不知道未来会是怎样，但她认定凭着自信和奋斗，可以在人群中发光，可以从草根成为天后，可以拥有自己的公司和团队，最后以主流的面目被大众接受。她同样是个女性当自强，不甘平庸的人，只是她过于迷恋自己的"正确"，而否定了那些不同方式的女性。

有人问我：你除了性，还能提供什么？我说：我能提供你无法想象的东西。是的，当年和芙蓉姐姐也曾同台出席活动，我伸出手和她相握，她极不情愿，后来做媒体曾安排采访她，她也直接拒绝。其实，不同的女人之间，更需要握手，因为我们都有彼此想象不到的地方，而女性在今天能够得到更多的关注和争议，也因为她们提供了更多可能和想象。

丑陋恐惧症

最近我陷入迷茫。作为一个崇尚天然，也不曾在容貌上作过任何努力的女子，似乎正在遭受"审美观念"冲击，而且变得有罪起来。比如看到旅美作家严歌苓每天下午三点前写作完，都要换上漂亮衣服，化好妆，静候丈夫归来。她说："你要是爱丈夫，就不能吃得走形，不能肌肉松懈，不能脸容憔悴，这是爱的纪律。否则就是对他的不尊重，对爱的不尊重。"

开始时，我还和喜欢素面朝天自由呼吸的女友讨论，每天化妆是否太苛刻了？如果恪守"爱的纪律"，恐怕上床也得带妆，起床也刻不容缓地在"他"睁眼看到你的残容之前，把自己粉饰得当，那样的"为悦己者容"，己在何处？有的说："爱不爱，不妨碍女人主动表达出自己的态度，也是种自信的表现。只是用不着每天化妆来表态，把男人想得也太蠢了，戴个面具就不认识你是谁了。"有的说："那跟娶一个大会堂的礼仪小姐回家有什么区别。"但马上有人反击：女人有时不招人待见，就是不够自律！从容貌上，身材上松懈了下来。

很抱歉，我这一代女子，有着50后父母，从小接受"朴素"教育。小时候穿"奇装异服"是违反校规的，爱臭美的女生等于不爱学习、思想堕落。在我的叛逆期，对着镜子把自己抹成艺妓脸会招来妈妈一记耳光。刚上大学时，染个时髦的满头金发被男朋友逼着恢复原样。那时大众追求一种天然的平衡，就连"漂亮"也不过是天生丽质罢了。

可是什么时候，女人泛滥着丑陋恐惧症候群，借助化学物品和科技手段打起了愈演愈烈的美丽者生存的战争呢？在初级阶段，还只是受时尚美容资讯的影响，勤练化妆术，在各种粉底眼影口红睫毛膏的小武器下做丑小鸭变天鹅的实验，得出"没有丑女人，只有不会化妆的女人"的结论。但是消灭"丑女人"之后，竞争压力更大了，天然基础上的"修饰"不能再满足完美女人的追求，整形整容成为潮流。

然后你看到高考刚结束就去割双眼削颌骨的小女孩，或者在找工作之前赶着把自己整成90后版的范冰冰。娱乐圈更不用说了，整容已经变成一种时尚态度，不整？那你就out了，"比如几个朋友聚会，一个说我去垫了下巴，另一个说我去垫了鼻子，如果你不整，就没有共同话题聊。虽然听上去很病态，但现实情况确实就是这样。"所以你看到超女王贝整容致死的杯具，而她的母亲竟然在同一天和她一起上了手术台。

那些关于整容给你带来的美丽收益大于整容风险的言论，在我听来，比每天化妆以不失去丈夫的爱更恐怖。以容貌为基础的自我价值诉求，到了一种女人内部的自相摧残的地步。"我要比你更漂亮，换来比你更多的爱和金钱"，如果将这默认为社会规则，也不再是"为悦己者容"如此简单。

也许你会说，日本女性都化妆，韩国女性都整容，中国女性为什么不可以追求力所能及的美？但是满街好看得大同小异的女人，真能带来基因进化的幻觉吗？当丑陋恐惧症从病态成为常态，那和自我要求就变得没有关系了。做一个out出几条街的天然女性，还是做一个极致到生下女孩就为她准备够整容资金的母亲，是你对女性生存环境是否抗议的问题。

为爱站出来

"他身上没有地方可抱，都是伤嘛，然后我就抱着他的头。我问你是不是觉得特别委屈？他说这是小部分的原因，他说大部分原因是我觉得特别感动。这是我跟他好到现在第一次看他哭。"我反复看着这段话，为之动容。就像看见路上受伤的流浪猫，被赶来的同伴舔着伤口，护着身体，眼神里满是爱和无助。

这一刻，他不是导演，她不是演员，他们没有剧本，没有背好的台词，却比情感大戏还入骨。这个叫鄢颇的男人，被微词为多情薄义，被褒评为绅士贵族，有人称他软饭王，有人说他泡妞高手，可当他浑身是伤，危系生命时，依然是个不折不扣的情种，打动着爱他的女人。我想，他的浪漫是天生的，世界上只有为数不多的男人会像女人一样钻研并沉溺于情爱，而他几乎以此为生。

她呢，这个叫李小冉的女人，本来"只是在谈一次再正常不过的恋爱"，她曾说自己的理想就是："找一个自己爱的人，两个人有共同语言的，在一个平等的水平线，两个人对人生的理解基本上是相同的。两个人在一起，每天看看碟，陪陪父母。"这样的要求对鄢颇来说，完全能胜任，因为他精通女人的语言和精神世界。他可以是法国华裔少妇的理想，可以是梅婷的理想，也可以是李小冉的理想。他的每一次匹配，都能为女人带来人生改变，只是这次最为轰动，因为他选择了和一个黑势力威胁下的女明星恋爱。

看陈年八卦，很容易以为鄢颇是个势利的人，也被诟病为利用女人。但反过来看，他并非趋利避害地算计着爱情，而像一个符合女性主义审美，发掘女性自我需求的男人。爱上他的女人都变得勇敢、独立。华裔少妇为他脱离了婚姻，梅婷为他投资了电影，李小冉则从一个怯弱善良的女子，变成勇于担当、嫉恶如仇的正义者。

她为爱站出来，因为他陪她走过漫长的被威胁恐吓的黑暗日子，他倒在血泊中而成就了她的黎明一刻。有心理专家如此剖析李小冉：她是情感比较依赖，特别渴望被爱被关注，内心比较脆弱，比较胆小，不太惹事，特别善良的一个女孩。在忍无可忍的情况下，她可能会有些极端的行为，就是自己对自己的尊重是比较低的，自我价值比较低的，但自我价值越低的时候，自尊心的要求又极强。这样的女孩子，真正需要的是让她认识自己了解自己，同时接纳自己，然后作出更多选择。

她选择了鄢颇，所以有了今天的选择。至于往后的日子是否白头到老，并不是最重要的。爱情并非只有忠贞与背叛的论断，它有你看不见的能量。对一个女性来说，三十年的忠贞，也许抵不过三年的火花，因为你照亮了她，解放了她。这样的男人，还是流放人间吧。

你要美丽我要权力

我有个男性主编朋友，是固执的以貌取人论者，当其招聘面试女员工时，年轻美貌排在第一要素，人称其为酷爱Loli的怪叔叔。

他自有逻辑，比如美女能提供赏心悦目的工作环境，美女比丑女和才女自信，心态也更健康，适合与时尚人群打交道；而高学历高智商的非美女是他反感的，如果有人推荐打扮土气的女博士什么的，他会翻脸拉黑，更别说以女权主义与之理论了。

也许当一个男性有权利挑选女性时，选美的心态是不可避免的，有些领域还高调地把"隐性"前提公之于众。日前成都某区招募女城管，便要求应聘对象是年龄十八岁以上、二十三周岁以下，身高一米六以上，必须五官端正，形象好，气质佳，还有一点是女城管要在二十六岁下岗。面对公众质疑，负责人解释是为树立城市窗口形象，体现柔性执法的魅力。他大概同样认为化着淡妆，穿戴统一的高跟鞋、折角帽、头饰的"广场妹妹"能提供一道美丽的风景，在劝导小摊贩时更能以柔制刚。女性的特质被运用得如此微妙，甚至有"保鲜期"，二十六岁以上的女城管就不温柔美丽了？

好笑的是小摊贩也有不吃软的，反过来对"广场妹妹"说：你们不过是吃青春饭的，别太卖力了。

有人说："在中国人才选择时注重相貌是无可厚非的，因为美丽也是一种天赋，如果我们再对目前这种丑女（才女）社会心安理得，五十年后美丽的基因就从我们民族消失了，那将是另一种危机！中国还没到找不到人才的地步，为什么有漂亮的不用用丑陋的呢？"持此论调的当然也是男人。如果他有能力成为希特勒，是不是会心安理得地把非美女消灭掉，让世界只剩美丽基因？而男人一再强调的年轻貌美并非实现为女人的"权力"，只是花瓶工具的利用。如果女人成为商界政界的首领，哪怕只是公司高层，要与男人一分天下，他们也是不干的。原先的"自信"、"柔性魅力"会被贬为感性、情绪化而作为种种不适合担当重任的理由。倘若担当了重任，纵使风情万众，才貌兼具，还会被视作"不是女人"。

法国女财长Christine Lagarde前段时间有个言论就让占惯性别优势的男人哧之以鼻，仿佛女人的政治企图是对男人的冒犯。她说女性比男性更适合成为政治家，因为她们不易受到性欲或者睾丸激素的驱使。"在性驱动力、睾丸激素以及自私自利行为影响下，男性更倾向于做令人羞辱性的决定。"

其实男人的确难以否认这点，你看看中国某地招女公务员要求乳房对称，招女兵要进行才艺表演而非体能测试，招女城管要十八至二十三岁的形象大使，招女编辑都要年轻漂亮，就知道男人的倾向多让人蒙羞。但女人活着不是给你养眼的，是要争取权力的。一贯浪漫的法国也不把女人当摆设，而是打破女性职业生涯的"玻璃天花板"效应，在今年初通过一项议案：未来六年内，法国公司必须做到女性在董事会中所占的比例不得低于百分之四十。这项议案将在明年形成法律。

当男人以歧视性倾向进行选美和限制女人发展时，他大概会把百分之四十的女高层看作"女子霸权主义"洪水猛兽。但是对不起，尽管你想用种种手法否定和淘汰女人，女人也给你百分之十的让步，你是否该为私欲买单，面对一下现实和公平了？

女人生亦何艰

那日一个主持人无奈说道，现在连综艺节目都在讨论女人怀孕期间能不能离婚了。我虽然很少看电视，但对此类话题感觉匪夷所思，难道这是社会进步？早有规定在女人怀孕期和哺乳期，配偶不允许提出离婚，那这个"能不能"意思是女人身怀六甲时，可以不要她老公吗？可以借种完毕一脚踢了他吗？得是什么思想个性的女人才会在这期间提出离婚？还是说争取自由的男性，希望一改惯例，任何时间想离就离。

同样脑子进水的是前段时间海南为控制男女出生比例，避免重男轻女的选择堕胎，而出台什么《关于禁止非医学需要的胎儿性别鉴定和选择性别的人工终止妊娠的规定》，对怀孕十四周以上擅自终止妊娠者，将实行责任追究，取消生育指标。目标人群居然不单针对已婚孕妇，还针对未婚孕妇，"不符合生育条件，年满二十周岁妊娠十四周以上的妇女终止妊娠的，应当提供乡（镇）政府或者街道办事处和计生机构免费出具的证明"。生是非法的，不生还得开证明，女人怀孕是自己一手搞出来的吗？为什么受苦受累是她们，没有隐私任由摆布也是她们？竟有男人开玩笑说：索性提前到六至十周得了，这样就没女人敢乱搞了。

我想这和街头满是"无痛人流"的广告，误导人们认为女人流产不过是场小感冒是一个原理。在中国，女性的生育权好像成了可以随意处置的事——控制人口，维护社会秩序当然是好理由，只是根源在哪儿啊？种子从何而来啊？如果我来制定计划生育，那是相当简单。我会出台一个规定：男性不论成年与否，具备射精功能开始，都到医疗机构进行结扎手术，由此避免一切导致女性非法受孕的可能；待他结婚，拿到了生育指标，再去医疗机构解开结扎的输精管，进行播种；生育成功后，再次结扎，再无超标生育的事发生。男性结扎只是一个小手术，甚至不比割包皮难，不影响性功能，不影响快感与高潮。在上世纪实施计划生育之初，就有无数男性接受了结扎，他们一样性生活正常，一样身体健康，作为控制人口的科学手段，完全可以大力推行。

本来我也不必如此以牙还牙地摆出女权姿态，只是看到男性社会为其阳具崇拜，推行种种置女性健康和权利于不顾的措施，而不自身做出节制时，还肆意给女人制造麻烦和伤害，觉得有必要提醒他们：当你觉得所有决定如此轻快时，你也轻快一个来看看。而且我还可以告诉你，有些男性也推崇结扎手术哦，尤其已婚男子。他们完成生育指标后，倍感一个小手术后给性生活带来的自由，可以不考虑种种避孕措施的失败率和太太尽享鱼水之欢，甚至出去偷食，也不会留下后患，不担心某个小三大着肚子找上门来闹事，真是造福社会又利己。

男女性权和生育权都是平等的，当男人把自己的轻易变成女人的风险，其实是一种侵犯。在和谐社会，自然可以和谐地解决避孕问题，所以我们经常默认为这是一种私事。但如果以法律和行政手段进行控制，势必也要体现平等。否则男人负责播种，女人负责绝收，放在咱们这农业大国，真说不过去。既然国情不允许多收三五斗，你要么弃耕，要么锁住陈年谷仓罢。

人人都有同性恋朋友

也许十年前，还有人为"出柜"烦恼，担心影响前途和社交人际，或者无法保护同性爱人。而今，"出柜"可以赢得粉丝祝福，哪怕你澄清词义误会，你解释朋友关系，仍有人争相展现爱心：有情人终成眷属。鼓励"出柜"的时代早该到来了。

其实我们不必表达什么"包容"，这个词显得很专断，对广大热爱帅哥的女孩来说，更多是遗憾：我们没机会了。我的女友就遭遇过这样的情况，比如前两天还在神采飞扬地叙说某个阳光大男孩多么招人喜爱，言谈举止优雅动人，穿衣服也总是那么有品味，如她想象中的白马王子。大家出谋划策为她发展一段理想的恋情推波助澜，结果通宵party后同卧一室，才发现皮肤超好的他，穿着性感T-back，就算你贴身拥抱，他也毫无反应。然后才知道：他一直没有女朋友，原来是因为他有男朋友了，而且真心相爱。那么他为何不早早亮明身份？怕是直接拒绝会伤害爱慕他的女孩，又或被认为是借口，所以有风度地配合一把，让你验明正身后心甘情愿当"闺蜜"。

"他喜欢的是男人，对我没有非分之想，但又具备温柔体贴的绅士风度和细腻敏感的心"是诸多拥有gay闺蜜的女友的心仪条件。有时出席社交场合，还能互撑台面，表面天生一对，私下合作愉快。而最愿意形成互助组合的当属拉拉和gay，以前我就听漂亮的拉拉说：如果一个异性恋男人坐我身边，有企图的样子，我会浑身发毛不自在，但和帅气的gay一起，我们情同姐妹，绝对安全的感觉，必要时候，我们还可以在家长面前充当恋人，免除唠叨。

我不是在鼓吹互相利用，只是如果心无偏见，拥有同性恋朋友是件很宜人的事，可以纯粹地分享精神世界，达到理想化境地。作为异性恋者，也更应该支持同性恋者表明自己，而不用在羁绊中过多顾虑。

每当有人攻击或者歧视同性恋，我会愤愤不平，因为人生而平等，取向不同也是天生权利。有时拉拉朋友抱怨在工作机会中的不平等，比如有些公司排斥录用同性恋者，或在同等能力下遭遇不公正对待，我就想其实尊重同性恋才是人性化的文化。这在西方就开明很多，比如英国谷歌公司宣布同性恋员工的工资将高于异性恋员工，因为同性恋"家庭"无法享受正常家庭所得税上的减免优惠，而且每年必须支付同居者健康保险费用，公司多支付的工资将用来补偿他们高于异性恋的税收。

中国其他领域对同性恋的接受度且不论，娱乐圈和创意圈素来更开放也更激进，同是歌手，若干年前毛宁"出柜"而星途黯淡，如今张敬轩"出柜"再没人封杀，粉丝也拥护你。但这绝不是少数人的事，打开沉默，你会看到人人都有同性恋朋友。

腐女来袭

三年前，我在电脑前看着日韩系美少男的写真，面露花痴相，坐我身后的85后MM同事说："你是腐女。"那时我还不懂腐女是什么概念，后来我做了"腐女测试"，才惊然发现，我竟是中度等级的腐女。

原来，虽然我不看耽美小说，不迷BL漫画，也不搞同人创作，但确有腐女基因。最明显的特征之一，是我真会幻想喜欢男男爱情。以前交往一个小我五岁的男朋友，因为他常穿女式仔裤，有时还穿带蕾丝边的衬衫，我总联想他是gay，他不高兴地否认，我却更发兴趣地要他发掘自己的内心。彼时，他正和一个年纪相仿的男孩同居，也是斯斯文文的样子，我忍不住分析他们的"攻"与"受"关系，当他做一顿可乐鸡翅给我们品尝，我边吃边看同居男孩的表情，好似有点争风吃醋的喜感。

其实我这样天生有点女王心理的人，很容易"腐"的，因为总想看到男人像宠物犬般顺从的样子。我曾经拍过一个热爱真人cosplay的男孩，他没什么事业追求，但很爱CP里的角色扮演，并且是很受女孩欢迎的"小受"。那天，我对着戴火红假发穿骑士服的他，边拍边聊，最后拍他流泪的特写，足有三分钟，看着泪珠从他眼角淌下来，小溪流般打湿身体，感到莫大的欢欣。用现在流行的话说，觉得他好萌啊。

"腐女"一词源自日本，是指喜欢BL也即少男同志之爱的女性，除了ACG作品和影视剧，大部分腐女也对真实世界的男性关系产生遐想，包括视觉系偶像，历史人物（日本的新撰组或幕末人物、中国古代文人，帝王等）。如果你喜欢根据真人故事改编的电影《我的女友是腐女》，便会对腐女的元素更为了解。男主角日向最初爱上可爱的女主角顺子时，她提醒他自己是个腐女，那时他还不懂与"妇女"有何区别，待到他被带去参加CP聚会，看到迎面而来的"男仆"，又被带去狂购BL漫画书接受"调教"，当作宠物犬呼来唤去，还要穿着白围裙在家做芝麻火锅时，才知道爱上一个腐女的生活多么与众不同。

然而，当我深层次地思考腐女这个问题，发现它其实有种反男权社会的文化力量。就像在女人地位不高的韩国，《我的野蛮女友》特受女性欢迎，同样是有着男尊女卑传统的日本，女性有种消遣男性和消解男权的欲望。意淫男性之间的关系，把男人都想象成gay，是想削弱男人的威武之风，进一步改造成符合自己女王欲望的男仆。这种娱乐自得的背后，是对男强女弱关系的不满意，"我不能在现实中打败你，就在意念中对你随心所欲"。所以腐女文化袭入中国，并在80后、90后女性中的流行，也是契合了当下对两性关系的失望和叛逆。

有趣的是，腐女文化盛行的日本，似乎带来对性生活的消极态度，尤其是被大力幻想的"耽美少年"——十六岁至十九岁的男性中回答对性"不感兴趣"和"厌恶"的人共占百分之三十五。而年初，中国一名上传耽美小说引起超过两万点击下载的"腐女"被判传播淫秽物品罪，引起轰动。为什么偏偏判处她？只因爱好而无营利目的的腐女。网友调侃：把腐女都抓起来，男人才好放心地搞基嘛。我不怀好意地猜测，反腐败不成而反腐女的当局，莫非是洞察到腐女文化对男权的"冒犯"，要迅速扼杀它在萌芽中？

没有目的的人是孤独的

几天炎热后，一阵细雨带来微凉的夜。迟迟未入睡，竟是和人讨论富士康的十二跳，以及小道消息传来的十三跳，还有人坐等十四跳。多数人无法接受高达三十六万的抚恤金成为诱发跳楼自杀潮的激励因素，也有友人认为这是对家庭的爱和自我的肯定。活着需要目标吗？死需要目的吗？思考功利之于中国人的生命价值，似乎是个哲学题。

而当逃离这样的旋涡中心，去阅读被称为"洋雷锋"和"现代版白求恩"的德国人卢安克的故事，又是另一番滋味。这个在乡村志愿执教十余载的老外，在《面对面》访问时，被柴静问到：你不喝酒，不赌博，不恋爱，不吃肉，那你为什么生活？他答道：有更大的乐趣，比能表达的更大的乐趣。

我们制造着高楼林立，车堵人忙的繁荣表象，却从未逃出"人为财死，鸟为食亡"的原始宿命。一个德国人把自己的命运和留守儿童联系在一起，十余载未取分文收入，翻译书籍的收入亦捐给慈善机构，在乡村吃着红薯叶，穿着破旧的衣裳，甚至因车祸脊柱受损，从未放弃自己的理想和"乐趣"；而另一边，年轻人把老人和孩子留在农村，背井离乡，打工赚钱，不堪每天十几小时的高压工作，选择纵身一跃告别生活的折磨，"乐趣"对他们而言，完全是一种奢谈。

我想，我们正身陷价值危机的时代，以至失去了没有目的的幸福感。为什么生活？被简化成了生存利益。而几乎所有人，被赶到了这条沉重的大船上，或者挤上去。插播一件有意思的事，最近我经常和85后混，某天夜里，一个坚持理想主义爱情的小女孩，忽然感慨，她的表姐明天要提车了，是辆奔驰，这是表姐混迹北京工体一带的酒吧，钓到一个富二代的成果。表姐教育还在守着收入微薄的男朋友、只要单纯的爱情和幸福的她说：多为自己和孩子的未来着想没有错。小女孩纠结了起来：要是两年后，男朋友还在为没有钱而不肯结婚，我也去钓个富二代。

没有目的，便是这样被有目的打败。没有目的分文不取的卢安克，初到农村时，曾被怀疑成特务，怀疑成拐卖儿童的老外，当他十年如一日坚持下来，取得村民和孩子信任和爱戴时，却又在接受媒体采访后，被某些人怀疑为"恋童癖"，甚至一些为了心里的玫瑰的女粉丝去农村找他，想嫁给他，也被称为动机不纯，想上床。而最后，没有目的的卢安克选择了关闭博客，选择沉默。

我们被迫有目的，被目的奴役，并且打击没有目的的人，仿佛被"没有目的"伤害了自尊。这是怎样一种畸形的自我保护，还是心之牢狱里的惺惺相惜，在这个年代，做一个没有目的的人，竟成了另类，以至要被剥夺自由权利。

图书在版编目（CIP）数据

男女内参 / 不加V著. — 上海：文汇出版社，
2012.5
ISBN 978-7-5496-0440-1

Ⅰ. ①男… Ⅱ. ①不… Ⅲ. ①散文集 – 中国 – 当代 ②随笔 – 作品
集 – 中国 – 当代 Ⅳ. ①I267

中国版本图书馆CIP数据核字（2012）第083055号

男女内参

作　　者／不加V
责任编辑／韦　忠
装帧设计／于　潇

出版发行／**文匯**出版社
　　　　　上海市威海路755号
　　　　　（邮政编码200041）
经　　销／全国新华书店
印刷装订／三河市国源印刷厂
版　　次／2012年6月第1版
开　　本／870*640　1/32
字　　数／150千
印　　张／8.75
印　　数／1～20000

书　　号／978-7-5496-0440-1
定　　价／30.00元